岁月伴我们成长

何军宏 —— 著

上

四川文艺出版社

图书在版编目（CIP）数据

岁月伴我们成长：上、下 / 何军宏著. — 成都：
四川文艺出版社, 2025.6. — ISBN 978-7-5411-7269-4

Ⅰ . I227

中国国家版本馆CIP数据核字第2025XW6053号

SUIYUE BAN WOMEN CHENGZHANG

岁月伴我们成长

何军宏　著

出 品 人　冯　静
责任编辑　路　嵩
封面设计　琥珀视觉
内文制作　史小燕
责任校对　段　敏
责任印制　桑　蓉

出版发行　四川文艺出版社（成都市锦江区三色路238号）
网　　址　www.scwys.com
电　　话　028-86361802（发行部）　028-86361781（编辑部）

印　　刷　成都紫星印务有限公司
成品尺寸　170mm×240mm　　　　开　本　16开
印　　张　40　　　　　　　　　字　数　400千
版　　次　2025年6月第一版　　　印　次　2025年6月第一次印刷
书　　号　ISBN 978-7-5411-7269-4
定　　价　188.00元（全2册）

<自 序>

岁月真的很美好

　　岁月真的很美好，此时此刻的你，难道没有感受到吗？

　　岁月与我们朝夕相处，岁月与我们情同手足，岁月将我们包裹，岁月陪伴我们到天亮。

　　放眼望去，岁月在太阳冉冉升起中绽放出耀眼的光芒，岁月在日升日落中把美好的一天馈赠给我们。

　　我们在岁月的怀抱里早已习以为常，但岁月却一直悉心呵护着我们。

　　这样说似乎岁月有些遥远，其实，岁月可以触摸，岁月可以感知，岁月有着蓬勃旺盛的生命力。

　　岁月有温情。我们从小到大健康成长，是谁在默默关心着我们，是谁在无时无刻不在牵挂着我们，相信每一个人的答案都高度一致，那就是我们亲爱的父母。

　　从这点说，父母就是岁月——从他们额头的皱纹可以看出，从他们粗糙勤劳的双手可以看出。

　　他们在岁月的磨砺中一天天变老，而我们在父母亲的怀抱里一天天成长。岁月不曾离开我们半步，父母的牵挂也从未离开过我们半步，说父母就是岁月，朋友，你说过分吗？

岁月真的很美好，此时的你，如果还没有感知到，那么请你抬头看看晴朗的天空、蓝蓝的天空，阳光是那样温暖和煦，空气是那样醉人清香。

我们呼吸着自由的空气，我们可以做自己想做的事，我们可以见自己想见的人，我们可以享用自己喜欢的美食，尽情展现我们青春的张力。

朋友，当你拥有着眼前的一切时，你不觉得这是一种幸福，这是一种快乐吗？

岁月给了我们整个天空，让我们一身轻松展翅翱翔。岁月给了我们人生的竞技场，等待着我们在此一搏。

岁月是一面镜子，你对它笑脸相迎，它对你万般柔情。我们在岁月这面镜子前，一天天长大，一天天走向成熟。

当看到脸上有污垢时，我们会及时清洗，让我们更加洁净。当看到散发着青春气息的脸庞时，我们会更加自信，全身顿时涌出火一般的激情。

岁月是一棵参天大树，我们在树底下乘凉，在树底下尽情嬉戏打闹，观赏着树叶从绿到黄，触摸着树叶落在脸颊的惬意浪漫。

是大树在为我们遮风挡雨，是大树让我们沐浴快乐时光。我们给大树一个热烈拥抱，我们还大树一个感恩目光。

岁月真的很美好，大自然的春夏秋冬，仿佛为我们量身定做，让我们一年四季都像在过年，时时幸福甜蜜。

春天万紫千红阳光明媚，我们手拉着手，一起旋转出春之舞，让鸟语花香随我们一起奔放。

夏天艳阳高照热情似火，儿童在泳池里嬉戏打闹，人们对生活的热情随着气温走向高潮。

秋天硕果累累，秋高气爽，金黄成为主色调，最好看的当属农人们被丰收笑弯了腰。

冬天银装素裹，雪花飘飘，童话般的浪漫，让洁白无瑕覆盖了整个大地。

啊，岁月中的每时每刻，都让我们无比珍惜，都让我们万般留恋，都让我们火一般激情拥抱，都让我们吮吸着自然的芳香。

啊，朋友，此时此刻的你，难道真的不为岁月所动容，真的不为岁月所感染吗？

岁月就是生活，岁月就是珍惜，岁月就是柴米油盐酱醋茶，岁月就是凡尘往事，岁月就是生命中的每一天，岁月就是生活中的喜怒哀乐。

过往一切经历，都将成为岁月的沉淀，都将成为岁月赐给我们的美味佳肴，清香甘甜，耐人寻味。

岁月这般美好，我们能找到不珍惜的理由吗？让我们在岁月中渐渐成长，让我们在岁月中历经风雨。

岁月给了我们面对生活时非凡的勇气，岁月让我们在人生长河中体验生命的美好。岁月让我们相知相识，情谊深厚。

啊，让我们给岁月一个大大的拥抱，让彼此的温暖永驻心田，永留人间。

2024 年 9 月 16 日　成都

目录

第一辑　我深深爱着这片土地

第三辑　祖国啊，我要为你写诗

第四辑　我为父老乡亲演奏

第一辑

我
深深爱着
这片
土地

被爱包裹着的人生

朋友，此时此刻的你

是否会轻轻意识到

我们的每一段路

都是走在爱的海洋中

都是走在情深似海爱意浓浓

花一般美丽的人间仙境

是啊，我们生活在人世间的

每一分每一秒，都是在

浓浓的爱意中成长壮大

你没有意识到，但你不能否认

你没有，其实你拥有无穷无尽

爱的花瓣，爱的芳香

怎可以不在爱的海洋中畅游

父母之爱，夫妻之爱

友情之爱，社会之爱

没有哪一种爱，会游离于

我们之外，爱的琼浆

已洒满了你生活着的

每一片地方，每一处心窝

朋友，请你细心体味一下

爱的琼浆，早已洋溢在

你的周围，你的全身

不要再这样任性，不要再

这样好像总也感受不到

周围浓浓的温暖，太阳

总会出现，阳光随时

都在你的身边，怎可这样

置若罔闻，怎可这样

不理不睬，让我如何

把你的内心，任意称量

爱意就在我们身边

社会怎可没有爱，爱是花瓣

爱是阳光，爱是温馨浪漫

爱是美好家园，爱是天空的大雁

爱是雨后彩虹，爱是人间的
正能量，爱是感动，爱是激动的
泪花，爱是包容，爱是理解
爱是与我们须臾都无法分开的
空气，爱是我们心中最芳香的
甜蜜，爱把我们永远包裹

爱是感恩，在感恩中让我们学会
为他人着想，思考奉献
思索赠予，爱是人际关系的
润滑剂，讲爱的地方，永远
充满和谐，充满友善，爱是
飘扬的旗帜，永远飘荡在生活中
每一个瞬间，看得到，摸得着
我们在爱的海洋中驰骋
在爱的天空中飞翔，飞翔

当阳光洒满大地

当阳光洒满大地

那将是多么让人震撼的时刻

一束束阳光，径直倾泻下来

多么壮观，多么让人心潮起伏

多么让人热血荡漾

当阳光洒满大地

大地铺上了一层薄薄的金子

金子闪着奇异多彩的亮光

这光让一切都无比明亮

这光让世间万物闪烁出光芒

当阳光洒满大地

新的一天又开始了

学生背上书包

开心快乐地奔向学校

在那里寻觅知识的芳香

在那里追寻多彩的梦想

当阳光洒满大地

农人们已早早起来

让今天的希望

在土地里扎根生长

土地在阳光照射下

遍地都泛着金光

当阳光洒满大地

为生活奔忙的人们

早已融进熙熙攘攘的人群

彼此不认识，彼此不言语

却都把梦想织进勤劳

日复一日，年复一年

让新生活的风帆

永远漂荡，快乐向前

当阳光洒满大地

机警的战士

把敏锐的目光

投向边防哨卡

投向万里海疆

只要祖国永远和平昌盛

就算海枯石烂

也要把一颗忠诚的心

镌刻进永久矗立的界碑

我爱人生中的春夏秋冬

人生中的春夏秋冬

四季更迭，寒来暑往

每一个季节，都像一首首

百听不厌的交响曲

让人流连忘返，体味无穷

人生中的春夏秋冬

犹如一件件衣服

让我们随着季节的更迭

气温的变化，穿着

不同服饰，登台表演

人生中的春夏秋冬

让我们领略着大自然的美丽

春天的万紫千红，阳光明媚

夏天的艳阳高照，热情似火

秋天的金色收获，硕果累累

冬天的冰清玉洁，银装素裹

人生中的春夏秋冬

在季节变化中，找寻着成果

体味着幸福，享受着甘甜

在你来我往中，深化着友谊

携带着关心，共同奔向明天

春夏秋冬，只是季节的变化

不变的是我们对大自然的热爱

不变的是我们对每一个季节的

倍加珍惜，无限爱恋

每一个季节，都种植着希望

每一个季节，都让我们无比欢欣

每一个季节，都是新生活的开始

每一个季节，都书写着新生活的

甜蜜，都书写着劳动者的快乐欣慰

我深深爱着这片土地

我深深爱着脚下这片土地

这片土地，常常让我激动

常常让我兴奋，常常让我深思

这片土地，常常让我泪湿沾巾

让我感情的潮水，一浪高过一浪

我深深爱着脚下这片神奇的土地

这片土地，来之不易，随意捡起

一块泥土，都有着别样的味道

也可能是战争的残渣，也可能

是卫星发射的余香，也可能是

神州大地欢腾向前的阵阵激荡

脚下这片神奇的土地，她就是

我的祖国，她就是我的祖先

她就是中华民族的命脉，她就是

华夏儿女的龙根，每天行走在

祖国辽阔的大地上，我两脚生风

总是走不完人生的喜悦和激荡

我爱这片神奇的土地，我深深地

爱着，永远地爱着，那是因为

她给了我养分，给了我光芒

给了我奋斗的方向，给了我

精神的磁铁，给了我意志的坚强

无论前方的路，有多么艰难

也无论自身遭受多么大的

委屈，我都依然

深深爱着脚下这片神奇的土地

因为她是我的祖国，因为她是我

从小就沐浴着的雨露阳光

对祖国真挚的爱，对祖国无限的情

让我癫狂

爱祖国，这是我几十年

不变的永恒信念，时时

心怀感恩，哪怕掉入不合时宜

有些迂腐的泥泞烂滩，都丝毫

阻止不了，我对祖国的

赤胆忠心，永恒的爱恋

脚下这片神奇的土地，提升了

我的境界，启迪着我的智慧

只有深深爱着我那可爱的祖国

我才有叙不完的情，诉不尽的爱

我在祖国母亲的怀抱里撒娇

享受着祖国母亲的无限爱恋

祖国母亲有我们的铁肩担当

更加伟岸，永远屹立在世界东方

欢乐与沉静

以前的我

是多么喜欢欢乐

而现在的我

却更喜欢沉静

并不是我不喜欢欢乐了

而是沉静

更让我懂得深沉思考

更让我学会冷静思索

更让我醒悟责任担当

到了一定年龄

对欢乐与沉静

有着不同的理解与需求

欢乐与沉静

会互相转化

欢乐，是生命的奔放

是青春的激扬

是血气方刚的有力彰显
是活力四射的璀璨耀眼

沉静，是人生的成熟
是秋天颗粒饱满弯着腰
金黄色的稻穗
是历经暴风雨过后
空气中弥漫着的
醉人的清香

我也拥有过，无数的欢乐
无数的浪漫，无数的欣喜
一颗不安分的心
总也停不下
向前奔跑的步伐

欢乐，谁人不喜欢
但沉静，却更有味道
欢乐与沉静
并不矛盾，相互彰显
为何要硬生生将他们

狼心分开，无情撕扯

也许他们是人生不同

阶段的特征，不同年龄

对欢乐与沉静，有着不同的

理解与需求

我喜欢欢乐，欢乐味很重

很刺激，很热烈

我喜欢沉静，沉静有着

淡淡幽香，很飘逸

就像两朵盛开着

不同颜色的鲜花

究竟哪一朵，最好看

没有最好，只有都好

岁月伴我们成长

天上的星星

在眨巴着眼睛

仿佛在告诉我

在我们成长过程中

它每天都在

默默注视着我们

可我们却一点

都没有察觉到

我们往往忽略了

星星的关注，星星的问候

无论我们以怎样的态度

星星每天都会定时

给我们带来问候

正如岁月，时光

无论我们能否感受到

它们每天的存在

它们都不会介意

它们依然，不离不弃

陪伴在我们左右

依偎在我们身边

岁月是每天的太阳

以黎明前的曙光

展示新一天的希望

以红彤彤的朝霞

将新一天精心装扮

从早到晚，从黎明到黄昏

没有一天将我们忘记

感谢岁月的陪伴

在岁月温暖的怀抱里

我们渐渐长大，慢慢懂事

学会了理解，学会了包容

懂得了感恩，体会到幸福

是岁月的功劳，可它

依然如故，它把这一切

看作理所当然，情意绵绵

感谢岁月的陪伴

陪伴我们的岂止是岁月

还有亲人、朋友、社会

到处都充满了无穷温暖

到处都飞翔着温馨浪漫

我被周围的幸福包围着

我被身边的甜蜜包裹着

我觉得岁月对每一个人

都很仁慈，都很公平

无论你是达官贵族

无论你是庶民百姓

它一样公平公正

把每天二十四小时

毫无保留

平均分配给众人

我们在岁月的阳光下

沐浴着春天的温暖

享受着夏天的浪漫

收获着秋天的喜悦

迎接着寒冬的洗礼

我们在岁月的长河里

聆听着风的倾诉

驾着彩云一起飘逸

细细品味着雨中漫步

让飞翔的雪花洒落一身

这是何等幸福，何等惬意

原来岁月这样美好

我们怎能辜负岁月的期望

我们每天都在享受着

岁月的大方，岁月的光芒

透过岁月的镜子

我们的容颜一天天成熟

额头的皱纹，是岁月

给我们的赏赐和祝福

人人都会渐渐长大

走向成熟

也许有一天头发

会变得花白稀疏

那是岁月对人生的告白

岁月的年轮，陪伴着我们

寒来暑往，一年又一年

我们与岁月朝夕相处

难舍难分，共度缠绵

岁月会不断催促我们

珍惜当下，抓住眼前

我们只有用充实忙碌

书写好人生的每一天

才是对美好岁月

最好的报答，最好的感恩

我们都拥有一片天空

每个人都会拥有一片

属于自己的天空，这片天空

一直沐浴着我们的头顶

轻轻抬头，你拥有的天空

在向你招手，在向你致意

你所拥有的全部天空

一刻不停地陪伴你左右

对你很忠诚，对你很执着

对你很大方，对你很善良

从没有对你三心二意

从没有对你见异思迁

你现时所拥有的整个天空

就是我们的目光所及

就是我们的全部想象

我们每个人都会

拥有一片属于自己的

神奇天空，美丽天堂

这片天空随时都伴随我们

我们走到哪里，它就跟到哪里

永远那么完整，永远那么美丽

这片每个人所拥有的天空

是那么均匀，是那么公平

对我们每个人都不偏不倚

把天空的公正无私

永久地写在我们心中

我们都拥有一片天空

拥有这片天空，我们

是多么富有，是多么幸福

这片天空很博大，大到我们

随时可以极目远眺

永远也望不到尽头

这片天空很宽广，很自由

我们带着想象的翅膀

飞向天空，飞向宇宙

在天空的包裹下

我们就像一个永远长不大的

孩童，充满着天真

充满着无邪，充满着对未来

美好的憧憬和向往

在天空的佑护下

我们永远安全，我们永远平安

天空是我们最大的雨伞

为我们遮风挡雨

为我们避暑乘凉

我们都拥有一片天空

这片天空永远那么美丽

永远那么善良，像一团

永不熄灭的火焰，指引着我们

永远飞奔向前，我们在这片

美丽的天空，任意驰骋

充满着欢乐，充满着梦想

一直指引着我们飞向前方

夏日的清凉

谁会想到

前几日还炎热无比

仿佛地面将要融化

今天气温二十度出头

让人们好似进入

夏季中的秋天

此时细雨蒙蒙相伴

天凉好个秋

炎炎夏季

细雨潇潇而落

浇在了翠绿的树叶上

洒落在行人的脸颊

这些都可以全然不顾

就像是在接受大自然的沐浴

农家小炒的炊烟

试图冲淡夏日的清凉

丝丝细雨瞬间回头

就将炊烟全身浇个通透

叮叮咚咚的炒菜声

跃跃欲试前来助阵

都没有挡住清凉的脚步

难得有这么一个

清凉的时刻

让大汗淋漓的炎夏

喘口气，歇歇脚

让农人们的庄稼

在润泽清凉的同时

也能一次缓缓喝个够

这是否会是炎夏

一连多日的高温

良心发现不要这么猛烈

与人类相处了这么多年

该饶人处且饶人

该宽大时莫小气

你给我一个短暂凉爽

我报你一个感恩祝福

哪有什么无缘无故的猛热

哪有什么无缘无故的清凉

久旱必有雨，久雨必会晴

不经历炎热酷暑，高温难耐

怎知道清凉竟会这般惬意

原来自然界也是有灵性的

风云雨雪有自身的规律

我们怎可随意猜测品评

每一种天气都是大自然

对人们的恩赐和考验

这也正如人们品食五谷杂粮

每一种都是必不可少的成分

你能说出哪一种不好

哪一种更好呢

健康，生命的根

在所有的珍爱中

无疑健康，重中之重

在所有的财富中

无疑健康，发光最久

在所有的留恋中

唯有健康，陪伴你始终

生命的根，是健康

健康，是我们今生保底的

追求，最后的屏障

离开了健康，一切都是

无源之水，无本之木

人活一世，健康独大

金钱是保障，并非最贴心

情谊很温暖，但无法抵挡

疾病的侵袭，而唯有健康

对我们，分秒不离不弃

陪我们到永远，死心塌地

义无反顾，亘古持久

笑到最后，永远都是

那个最健康的人

笑得最好，永远都是

那个神采焕发的人

如果今生

你没有太大的欲望

没有任何值得炫耀的地方

如果今生，你一贫如洗

一直穷困潦倒

甚至食不果腹，夜不成寐

如果今生，更倒霉一些

家庭不太幸福，子女

不成才，没出息

这一切的一切，都不要紧

只要你还拥有健康

你就牢牢地保住了

今生的根本，保住了根本

你就拥有，一切想法

一切梦想

甚至一切，都可以从头再来

甚至一切，都可以东山再起

只要你还不死心

只要你还有一丝意愿

健康，永远做你最忠实的朋友

健康，永远做你最坚实的依靠

劳动者的风采

八月的天气，骄阳似火

我在滚烫的地面行走

一抬头，有两位兄长

在太阳炙热照晒下的墙壁上

脚踩着搭好的脚手架

两只手在忙碌地刷着墙

似两只永不停歇的小蜜蜂

在辛苦劳作着，忙碌着

看到这一幕，我停下了

我再也挪不动半步

我的眼眶有些湿润

他们头顶着红色安全帽

一人穿着白色上衣

一人穿着黑色上衣

是否在预示着他们

白天黑夜都会这么辛苦呢

他们也是人，他们也有着

对炎热天气的惧怕

看着他们上衣紧贴着身体

这分明是与汗水牢牢

黏在一起，混成一团

头上脸上的汗水自不用说

他们没办法擦，也来不及擦

擦了还会流，也影响劳动

我和这两位兄长，素昧平生

却呆若木鸡，在下面悄悄观察

他们一无所知，他们也不会知道

正有一个多愁善感的人

在为他们感动，在为他们祝福

我祝福他们什么

这么热的天气，别人在艳阳下

多走两步，都要快跑

怕被骄阳似火，晒黑了皮肤

我的两位可亲可敬的兄长

看到你们此刻的劳作

看见你们汗流浃背的身影

看见你们面对骄阳似火的淡定

看见你们心里装满了一家人的

柴米油盐，衣食冷暖

看见你们作为一个男人的

责任和担当，这一切的一切

都让我肃然起敬，我怎么能

就此悄悄溜走，好似没看见

我做不到呀，只要良心尚存

只要内心还储存着感动

我就无法做到麻木不仁

劳动最光荣，劳动最可敬

虽然天气很炎热，但为了生活

不得不这样，苦的是身

幸福甜蜜的却是心，你们还

不算最苦，但我说，生活中

还有比这更苦的，不劳而获

投机取巧，发着不义之财

精神压力之苦，比起你们

又不知道要大多少倍

两位兄长，像两位钢铁巨人

在炎炎夏季，与骄阳

做着比拼，做着斗争

汗水又一次让衣服贴得更紧

你们还在用手里的刷子

刷着生活，刷着命运，刷着艰辛

刷着担当，刷着幸福，刷着甜蜜

是的，农民兄弟也有着甜蜜

虽然生活并不是那么宽绰

可能经济还有些拮据，但这

却不能影响到他们全家的幸福

最起码他们有健康的身体

他们有对幸福甜蜜的梦想

他们有对子女的抚养责任

他们有对家庭的担当

这样说来，他们并不苦

苦与不苦，是相比较而存在

在你认为，他们很苦

他们却从来不这样认为，因为

他们已经习惯了，正如有人

认为，你现在做的这件事很苦

你自己会认为很苦吗

任何一件事情，只要认为

很有价值，很值得，很愿意

就没有苦与不苦可言，只要是

心甘情愿，就永远与苦无关

我们生在同一天

世界上，每天都会有

很多小生命的诞生

当我们在庆祝今天的生日时

还会有很多兄弟姐妹

叔叔阿姨，爷爷奶奶

和我们同一天生日

我们生在同一天

是我们的缘分

是我们生命的碰撞

谁也无法改写我们的生日

这么凑巧，这么富有

诗情画意，居然我们都是

同一天生日

这一天，你买来了蛋糕

注定就有我的那一块

你们唱着，祝你生日快乐

我也不由自主凑过来

是你的生日，也是我的生日

是我们大家共同的生日

我们一起来庆贺，一起举杯

一起畅饮，一起歌唱

我们生在同一天

这一天该有多么热闹

这一天一定还有许多人

和我们唱着同一首歌

和我们吃着同样的蛋糕

虽然我们可能远隔天南海北

但我们的笑声却可以穿破时空

对生日的祝福，一样满怀真诚

今天我们生日，父母

为我们高兴，虽然年事已高

但他们心里惦记着我们

甚至父母把我们的生日

比我们记得更准，他们总会

第一时间牵挂着我们的生日

父母没有过多的套话，每次表达

都很实在，语言从来都是那样

朴实无华，打动着我们的心房

我们生在同一天，在中国

在世界，有许许多多的人

和我们生在同一天，也许

肤色不同，语言不同

生活习俗不同，宗教信仰不同

但这一切，都无法阻止

无法影响到我们对生日的

期盼和喜悦，既然我们有幸

生在同一天，就要满怀

对生命的敬畏和热爱

让我们的祝福，穿过云层

划破闪电，遥寄心中

最美好的祝愿，最幸福的歌唱

冬日，暖暖和煦的阳光

冬日，暖暖和煦的阳光

均匀地洒在我的身上

似一层薄薄的轻纱

既柔软又舒适

无限惬意，甜蜜无边

暖暖和煦的阳光

洒在了身上，洒在了脸上

均匀地涂在了脖颈上

是这般幸福无比

是这般甜蜜异常

生活原本这样美好

遍地的阳光，遍地的幸福

让我更加热爱生活

让我更加珍惜时光

阳光天天都有

偶然的天气阴冷

寒风凛冽

都无法阻挡暖暖阳光

在某一个午后

向我们缓缓喷洒

无论多么寒冷的冬天

无论身处祖国的何方

无论这个冬天，你是否

接受心理上寒冷的煎熬

一切都会过去的

一切都会好起来的

因为冬天始终充满童话般

诗情画意，让人浮想联翩

冬天，温暖和煦的阳光

常常让我想起家乡

那朴素的美好，因为那里

有我小时候的伙伴，因为那里

生长着我幸福快乐的时光

运动与休闲

运动与休闲

人类的福音

文明进步的阶梯

如两棵硕大盛开的

并蒂莲，开在

亿万人民的心中

运动，让国人

神清气爽，斗志昂扬

焕发出勃勃生机

休闲，让人们品味

大自然的优美

动与静，冰与火

演绎着人间绚丽多姿的

动人画卷，优美乐章

运动与休闲

人生幸福的法宝

文武之道，一张一弛

运动，让人们健步如飞

飞向蓝天，飞向梦想

飞向心中理想的彼岸

休闲，让人们轻松愉悦

静静品味大自然的和谐

休闲，让人们尽享人间的

风味美食，风土人情

运动与休闲

犹如人的左膀右臂

犹如人的两条腿

犹如人的左右脑

你能说，哪一个更重要

你能说，你更偏爱哪一个

运动，让人们快乐

让人们健康，让人们

走向自信，让人们储存美好

是人生谁也夺不去的最大财富

运动与健康，是孪生兄弟

你拥有了运动，你就

拥有了全部健康，能让

人们健康的方式，有很多

而优美优雅，体现着

力与美的运动，永远排在最前

首屈一指，不可替代

运动的场面，常常让人

热血沸腾，情难自已

运动的状态，永远看起来

最优美，最优雅

人们在运动中，收获着健康

收获着幸福，收获着未来

收获着全部的自由

收获着无穷的梦想

运动与休闲，让人们幸福快乐

愉悦开心，轻松自如

既有紧张激烈的厮杀

你拼我夺，你争我抢

也有一起品味人生的美好

咀嚼社会生活的甘甜

我热爱运动，因为运动

让我健康，让我强壮

让我敢打敢拼，血气方刚

让我充满活力，青春飞扬

我愿意在运动中

把梦想高高举过头顶

我愿意在运动中

恣肆汪洋，燃烧着

火焰一般的力与美的碰撞

我深深地热爱着运动

我忘情地拥抱着运动

因为运动，与我们时时相伴

因为运动，与我们寸步难分

我们在运动中，摔打磨炼

我们在运动中，健康成长

我们在运动中

品味着壮美人生

我们在运动中

书写着中华腾飞的

壮丽画卷，亘古千秋

朋友们呀，我们在

浓墨重彩地歌颂运动

可千万别忘了，休闲

才是人们理想的归宿

如果说运动，是劳动

是耕耘，是播种

是起早贪黑

是夜半三更，那休闲

就是劳动后的甘甜

就是耕耘后的麦苗青青

就是播种后的

瓜果满园，处处飘香

如果你还要继续问我

运动与休闲，哪一个更重要

那我可以明确地告诉你

它们，如同我们的父母

它们，如同我们的兄弟姐妹

都与我们有着，牢不可破

千丝万缕的亲情

适逢运动的季节，握住

运动的脉搏，让休闲

与我们一同起舞，一同高歌

把运动与休闲的壮美乐章

奏给大地，奏给天空

演绎出人世间的亲情友情真情

演绎出新时代强劲有力的乐章

我们都是你的眼睛

偶然看到

三位盲人来到地铁口

他们东张西望

好似在找寻什么

好心姑娘上前相帮

好心姑娘做着好事

我在帮她看着店铺

我接过爱心接力棒

将他们交给地铁姑娘

爱心接力就这样

一棒接着一棒

永久传递着人间大爱

永久传递着社会温暖

盲人兄弟姐妹齐心前行

一位兄长，两位姐妹

他们的背篓里还有

一双东张西望的眼睛

在闪闪发亮

在闪烁着希望

一行四人，一前一后

手拉着手，心连着心

小小男孩，大约有两岁

应该是他们的孩子

长着一双忽闪忽闪

大大的眼睛

孩子，你要坚强

你是他们的方向

你是他们的希望

你是他们赖以生存的向往

在你幼小的心灵里

可能不知道父母的艰难

也无法体谅和探寻

父母的心酸

你涉世不深，你懵懵懂懂

你无法明白眼前的一切

你过早地承载着家人的希望

有几次小男孩忽闪着大眼

直勾勾一直在盯着我

我的心灵在瞬间像要爆炸

你的眼神那样天真无邪

你的眼神在放射着灿烂

孩子，我将怎样迎接你

充满着希望，承载着担当

一双让人久久难忘

亮丽的眼睛

你们坐上了疾驰的地铁

一双双眼睛在给你们让座

一双双眼睛在给你们携包

一双双眼睛向你们投去温暖

一双双眼睛在向你们招呼善良

亲爱的盲人兄弟姐妹

你们径直朝前走吧

你们不会在以后的征途上迷路

你们不会在以后的风雨中迷失

因为我们都是你们明亮的眼睛

亲爱的盲人兄弟姐妹

你们径直朝前走吧

你们不会遇到饥饿寒冷

你们也不会遭遇异样眼光

因为我们都是你们陌生的亲人

亲爱的盲人兄弟姐妹

走累了就歇一会儿吧

我们都是你前行温暖的驿站

我们都是你歇息坚强的后方

我们同在一片蓝天下生长

我们共同沐浴和煦的阳光

我们永远是都你的眼睛

你们永远不会孤独失望

你们永远不会寂寞难受

祖国是一个温暖大家庭

这个大家庭，永远

充满着温暖，散发着爱心

洋溢着互助，燃烧着希望

在这样一个和睦友爱的

温暖大家庭里

虽然你们看不见光明

虽然你们有诸多不便

我们不会丢下亲人不管

我们会让亲人幸福美满

因为我们心相印，情相连

亲爱的盲人兄弟姐妹

一阵微风轻轻从你们

身旁飘过，和煦的春风里

吹拂着丝丝甘甜

这丝丝甘甜

芬芳着社会的每个角落

这丝丝甘甜

滋润着每个人的心窝

这丝丝甘甜

让我们的心灵更加纯净

这丝丝甘甜

让我们的社会永葆友爱

我为能生活在这样的春风里

倍感自豪

我为能沐浴着这样的春风

无比骄傲

我骄傲，我是一棵树

我骄傲，我是一棵树

我是一棵平平常常的树

我是一棵默默无闻的树

我是一棵如钉子般

深扎大地的树

我很平常，也很普通

睁开双眼，到处

都能看到我熟悉的身影

大地是我赖以生存的根基

天空是我茁壮向上的琼楼

我与自然为伴，我与人类为邻

我的足迹遍布大江南北

杨柳依依，枝条依恋着大地

青松挺拔，品格为人称赞

笔直的白杨树，郁郁葱葱的

参天大树，向上直冲天际

无论是海岛上的树

悬崖峭壁上的树

莽莽森林里的树

边防哨所上的树

无论是院子的树

田间的树

荒漠的树

还是景区的树

都全部保持着

她们所具有的特有品性

可以说，树无处不在

无时不在

树和人类情感最相依

树和人类情感最持久

树观察着人类的一切

观察着周围的一切

白天观察，晚上观察

一切观察，记录在心中

好的景象，她摆动树叶

表示欣赏，丑恶的一面

她只是不说，留给自省

留给人类足足的面子

如还贪婪，还不知足

就会受到自然的惩罚

就会接受历史的裁定

一棵树，就是一个人

一片树林，就是

一个社会的缩影

人和树比起来

永远都是树的历史更加悠久

有些时候，人栽下的一棵树

树还在健康持久地活着

可是当年种树的人

却找不到踪影

树熬过了人

人成了树的历史

那是因为树的宽宏大度

那是因为树的博大精深

那是因为树的沉默不语

韬光养晦

那是因为树的永久奉献

荫蔽他人

共享单车的便利

遍布大街小巷的

共享单车

犹如一只只、一群群

多姿多彩、艳丽无比的

蝴蝶聚会，欢聚一堂

它们穿梭来往于城市角落

它们驰骋飞翔在街道两旁

把年轻人的活力四射

把中年人的成熟稳重

把老年人的精神矍铄

统统在阳光下晾晒

让美丽和芬芳，一同展现

一起飘扬

共享单车的出现

是社会进步的显现

是社会文明的彰显

一堆堆，一排排

整齐划一，井然有序

好似一匹匹整装待发的骏马

等待着主人的领取和驾驭

好似一支支弯弓待发弦上的箭

等待着主人射出

扫码领取，自由驾驶

划时代的轻捷便利

让社会进步换上新装

让祖国前进插上翅膀

让久远的人们，难以想象

让梦想成为眼前的现实

大大方便了人们日常出行

让宽阔的街道展现芬芳

骑在车上，自由自在

从没有体会过的神清气爽

从没有感受到的魅力奔放

可以悠闲自在，哼着小曲

可以快速旋转，你追我赶

既锻炼身体，又便宜实惠

这么好的事情，怪不得

满街都是匆匆飞翔的蝴蝶

新兴事物的出现

总是附带着利和弊

在给我们带来轻捷便利的同时

如果大家都能将车辆

自觉维护，摆放有序

社会文明的春风蓓蕾

将更加亮丽奔放，暖人心扉

这小小善意的提醒

在极大的便利面前

虽然是那样

微不足道，不值一提

假如全社会一起努力

把这小小的弊端降到最低

或是慢慢改正消除

岂不是锦上添花，皆大欢喜

心脏的重负

心脏，我们最重要的器官

时刻陪伴我们左右，自从我们

出生，就把我们守护，多么忠诚

多么让人感动，须臾都未离开

半步，不断跳动，不断兴奋

不断散发出耀眼的火焰

不断制造着生命的琼浆

这就是和我们日夜相伴

为我们操劳，为我们付出的心脏

心脏，我今天要执着把你歌唱

你是人体的重要器官，或者说

是人体的守门员，但你永远

居功不自傲，默默无闻，努力

做好自身，一刻不停地跳动

跳动，继续跳动，永远跳动

直到有一天，累了，和主人

一同奔赴另一片天地

你也没有忘记自己的本能

永远要和主人，同呼吸，共命运

这就是我们的心脏，这就是

终生陪伴我们，一刻不停陪伴

我们的心脏，心脏，辛苦了

可是我们从生之欢乐，到光溜溜

告别人间，都没有向日夜时时

陪伴我们的心脏，说一声

辛苦了，一直都没有说呀

可是无论你说还是没说，心脏

都一如既往，永远跳跃，跳动

这就是我们的心脏，始终怀着

一种博大，把我们宽容

把我们理解，把我们燃烧

把我们释放，我们不应该忘记

心脏对我们的好，对我们的默默

付出，这就好像

孕育着我们生命的亲爹亲娘

把我们拉扯抚养，一辈子

任劳任怨，从不计较，无限付出

默默付出，不求回报，他们永远

和心脏一样美好，一样贴心暖心

这就是我们的心脏，让我想到

春蚕到死丝方尽

蜡炬成灰泪始干

永远照亮别人，不求回报

心脏的精神，心脏的包容

心脏的博大，心脏的崇高

常常被我们忽略的心脏

原来这般伟岸，这般令我

肃然起敬，这般令我顶礼膜拜

这一刻，让我深深读懂了心脏

这一刻，让我永远为心脏

感到无上幸福，无比荣光

灾害无情，人间有爱

汶川地震，已过去多年

但当年那一幅幅感人肺腑的画卷

那一曲曲催人泪下的故事

那一首首饱含着作者

无限情丝的诗歌

就像一曲永唱不衰的赞歌

镶嵌在心中

那首《孩子，快抓紧妈妈的手》

感动了无数人，时至今日重读

都会让我瞬间

眼眶湿润，情难自已

写得很感人，催人泪下

感情饱满真挚，一首诗歌

就像一个炸药包，把人们的情感

炸出了一片片涟漪

让人们的泪腺

为当年逝去的生命

流下悲伤的泪水，流下高贵的泪水

那场地震，渐行渐远

渐渐朦胧起来，模糊起来

可是我在某一个瞬间

将这些伤感在生活中重新打捞

真不想

让当年那么多鲜活的生命

永久埋在大地下面

他们已经远去，他们永远没有远去

他们把思念的泪水

他们把骨肉亲情，丢在了山这边

可以告慰英灵的是

自从他们走后，亲人孩子爹娘

都生活得很好，亲人脸上

慢慢绽放幸福的容颜

孩子也很成器很有出息

学成归来把家乡改造

为家乡再做新贡献

爹娘也有政府的关怀温暖

享受幸福的晚年

逝去的生命，是那样痛心

是那样猝不及防

一切仿佛，犹如昨天

对生命的纪念，对生命的追问

是对生命倍加珍惜

是对生命敬重的最高礼仪

在生命面前，让高贵的头颅仰视

在生命面前，让所有一切

全部给生命让路

因为生命，让这个世界鲜活

因为生命，让这个世界充满生机

因为生命，让我们时时懂得感恩

因为生命，让我们永远难忘过去

感恩一路有你

让我们风雨同舟，让我们相识相伴

年龄的提醒

小时候，特别喜欢过年

最单纯的想法，就是过年

可以吃很多平时吃不到的佳肴

可以从头到脚，穿一身崭新的

衣服，而且还有压岁钱，虽然

并不多，但心里一直很快乐

一眨眼，从幼年走向童年

从童年走向少年，从少年

一路前行，到了青年，把年龄

接力棒，交给了现在的壮年

是啊，我到了人生的壮年

壮年，奔波忙碌，之前

从没有哪个年龄段的提醒

一路冲锋，总也停不下

来不及思考，就到了壮年码头

这样说，并不是说壮年

有什么不好，只是说

年龄总是冷不防，悄无声息

一直往前走，各个年龄段

都很美，各个年龄段都肩负着

神圣的使命

每个年龄段

对人生，都是一块闪光的金子

对命运，都是一次顽强的挑战

每个年龄段

都在用浓墨重彩描绘人生

都在用坚定步伐将命运开拓

年龄，代表着时光斗转星移

年龄，快得让我们不寒而栗

年龄，轻轻一晃，就是一个阶段

年龄，如果不经常提醒

有限的资源，很快也会消耗殆尽

年龄，经不起折腾，永远是

人生的单行道，之所以这样

怕提醒，是因为我们时时感叹

岁月蹉跎，光阴似箭，年龄远远

走在了成绩的前面，走在了

成熟的前面，走在了心智的前面

年龄的提醒，让我们感知到了

岁月的无情，岁月的公平

年龄的提醒，让我们更加自知

更加冷静，认真谋划人生

年龄的提醒，让我们更加惜时

更加理智，肩负神圣使命

年龄的提醒，是一次镇定

是一次反省，是一次升华

年龄的提醒，是一次冲锋号

是一次加油站，是一次自我觉醒

年龄的提醒，是重整旗鼓再出发

让思想的步伐，心灵的睿智

永远紧跟年龄的闪电，年龄的火花

我与黑夜为伴

深更半夜

独自行走在熟悉的家门口

那条让我每天都难分难舍

空旷的马路旁

只有蛐蛐在一个劲地叫着

小声吟唱着

虽然时值半夜

但我一点都没有担惊受怕

有什么可怕的呢

当把一切都看明白了

看开了，看清了

我们就慢慢长大了

能把世间万物万事

看明白，看清楚

实乃人生一大幸事

我们每天走南闯北

我们每天忙忙碌碌

总也静不下心来

触摸一下真实的自己

和自己谈谈心

和自己说说话

这是多么惬意美好的事情

适逢现在这样一个

寂静的夜晚，多么迷人

虽说是黑夜，但路灯依旧

把我陪伴，黑的是天空

双眼能及的，永远都黑不下来

这么寂静的夜晚

让我独自拥有，多么奢侈

多么让我万分留恋

我与黑夜为伴

黑夜给了我一双黑色眼睛

我在万千世界中

一直苦苦寻找着光明

我害怕嘈杂，也不太

喜欢热闹，总想静下心来

把身前身后事，想个遍

捋一捋，分一分

不想让人生的经纬一直这么乱

我与黑夜为伴

此时人们已彻底进入梦乡

我在他们熟睡时

偷偷把心中的热爱

在黑夜的陪伴下尽情展示

享受着无穷快乐

品尝着甜蜜幸福

我与黑夜为伴

总是感觉到前所未有的充实

不想让白天的喧嚣

影响我的赶路

也不想让白天更多的身不由己

把自己彻底丢失在

无边无际的茫茫人海

这样就会为夜晚种植伤痛

与黑夜为伴，是一种生活
是一种自省，黑夜并不可怕
可怕的是担心我们辜负了
黑夜的赏赐和爱恋
黑夜，是一种过渡
是一种连续，是一根接力棒
最终会为白天的到来
而悄悄隐退，无论白天黑夜
都很美好，都很难忘
都与我们相濡以沫
都把我们陪伴永远

明天，你将成为别人的新娘

已经是晚间十二点半

才真正将即将

出嫁的新娘，梳洗打扮

整个面貌焕然一新

这就是我两年前摇号的新房

一位即将出嫁的心爱的姑娘

两年前的今天

我还在为房子摇号心有余悸

谁知道我就要与这所房子

结下今生难以割舍的情缘

当初为首付倾尽家当

当初为贷款东奔西跑

都为今日与它永续情缘

心爱的房子，缘分的见证

我将如何与你诉说

为了你，我背负了沉重债务

几乎倾尽了所有积蓄

巨额债务，几乎压得我

喘不过气来，直不起腰杆

我在为心爱的姑娘承受伤痛

我在为心爱的姑娘黯然神伤

本没有绝对的应该或不应该

有时时势真的很会捉弄人

对与错也绝对不会是偶然的

面对现实，我也只有硬撑下去

打肿脸充胖子，谁还能逃得脱

不知道这样的日子

还能撑多久，还能坚持到几日

心爱的姑娘，你即将出嫁

辛辛苦苦把你拉扯大

还没有来得及拥抱

就这样一眨眼工夫

你就将成为别人的新娘

我的内心翻江倒海，五味杂陈

这就是我为之苦苦奋斗的结果

有时候想想，没有也罢

想通了，也就一通百通了

心爱的姑娘，我们就这样

暂且告一段落，半年后

你还会回到我永远温暖的怀抱

到那时候，我再精心把你打扮

为你找一个更好的东家

仔细想想，物质永远为人服务

我们要做物质的主人

而不是永远被物质所左右

任何时候，人都

最为高贵，不可替代

无法可比，此生唯一

飞机起飞

飞机在起飞

我们以秒速

疾驰向前，向前

冲破云雾

让火箭的速度

在我们身边闪现

飞机已经起飞

冲破云层

呼啸而上

将我们升起

升起，一直向上攀升

机上乘客

似睡非睡

似醒非醒

心怀各自的美好

飞向远方

从来没有这么快

每天不停向前跑

原来我们跑了几年，几十年

都没有跑出

飞机的速度，飞机的距离

在呼呼风声中

感受着自然的伟岸

在疾驰向前中

让心猿意马

在空中飞翔

啊，云层

啊，速度

我们与飞机赛跑

我们与时间较量

我们把心给了远方

我们与远方一起飞翔

生命里的每一分钱

在一个有追求的人眼里

金钱已不再那么重要

所有的金钱，堆积在一起

仿佛是为了一个目标而存在

仿佛是为了一个愿望而守候

金钱，谁人不爱，谁人不需

但在一个真正装满了

全部事业的人的眼里心里

他唯一能装下的，就只有

事业，是的，事业是他的全部

事业是他的命根，如果

把事业比作他的灵魂

那么身上所有的血液

所有的骨骼和肌肉，都为了

那永恒不变的灵魂而存在

而永久发光，永久燃烧

生活中的金钱，真的已经
不那么重要，只要够用就可以
如果一个人心里装满了
全部事业，金钱永远
只是附属品，金钱永远
只为事业的存在而存在

虽然现时的爱好，或者说是
事业，只是刚刚起步，算是
一只雏鸟，羽翼还不发达
身体还很稚嫩，但它的方向
已经很明确，一旦方向已定
每天为了目标，哪怕付出
一丁点的努力，已很幸福

生命里的每一分钱，从根本
上来说，其实真不属于自己
自己只是暂时的金钱保管员
货币只有流通，才能发挥出

它的最大潜能，最大价值

货币真正的家，永远都只是

流通，而不属于任何人

暂时的所有，不能代表永久所属

感恩生命里的每一分钱

对我来说，无比幸福，无比欣慰

金钱，让我们结缘，让我们相识

让我们共同在生命长河里

一起走过美好，一起走过或长或短的

旅程，感谢金钱，让我们结缘

感谢金钱，让我们共担风雨

生命中的每一分钱，用出去了

从不懊悔，那是一种物有所值

那是一种博大的爱的播种

那是一种火焰熊熊燃烧的加油站

那是黎明前冲出重围走向胜利的

曙光和希望，那是一种感恩

是一种感动，是一种大道至简

我试图把生命中的每一分钱

都播撒给爱我的每一个亲人朋友

没有你们的鼎力支持与帮助

今天的我，也许会一无所有

假如我是一棵茁壮成长的树苗

永远也不会忘记之前给予我生命

给予我播种，施肥灌溉的花农

我要用我蓬蓬勃勃的绿茵

永远报答给予我生命的一切恩惠

泪往心里流

悲伤的事

谁还没有过

有些事，注定让人

悲痛欲绝，昏厥过去

不清醒还好，清醒了

心如刀绞，疼痛难忍

谁还没有悲伤的事情

可这种悲伤

足以要了自己的命

不提则罢，一提

就是一道闪电般的伤痕

一提，就是一个

镶嵌在骨子里的肉瘤

本已不想再提起

又害怕

好了伤疤，忘了痛

痛，是一辈子

注定今生都忘不了

这道痛，这种痛

镌刻在骨子里

痛到极点，难以忍受

泪，就从眼里流出

挂满了脸颊

让眼睛变得模糊不清

止也止不住

泪，就像淤积了很久

不释放总在那里堵着

迟早都要流出

就不要劝了，劝也是流

不劝也是流，索性

就一次流个够

伤心到如此地步，也许

流泪是唯一正确的抉择

不是我不够坚强

也不是我懦弱没有力量

泪流尽了，流不出来了

声音嘶哑了，还剩下

什么，除了豁出去

拼出一条血路，此外

已不知，还有什么

更好的抉择，更好的奢望

泪流尽了，泪流够了

接着就要勇敢拿起枪

走向战场，杀向敌阵

也许殊死一搏，就是

最好的出路，最好的结局

只要还残存最后一口气

就不要想着，会把我

彻底打倒，彻底击垮

因为我，是用

最强硬的钢板做成

黑夜，给了我想象的翅膀

在人的一生中

究竟要经历多少个黑夜

无法准确预测

也无法准确统计清楚

因为黑夜始终和我们

相濡以沫，共生共存

面对黑夜，我们可能

更多的是后怕，是胆怯

其实，黑夜并不可怕

无论你喜不喜欢

无论你是否胆怯

它都依然和你在一起

黑夜并不可怕

可怕的，永远都是

你对黑夜的误解

黑夜和白天，一样可爱

没有白天，哪来黑夜

没有黑夜，哪来白天

它们是辩证的统一

须臾不离的一对难兄难弟

永远都和我们生活在一起

黑夜和白天，让我时常

想到我们可敬可爱的父母

自从我们出生，慢慢长大

这一切都是父母在精心哺育

如果一定要问谁的功劳更大一些

都是我们今生最离不开的亲人

我们都是父母的共同结晶

缺了任何一方，都很难让我们

成形，都很难让我们孕育

黑夜，其实是很美的

一望无际，充满了神秘

覆盖着神奇，看似黑乎乎一片

其实，并不可怕，可怕的是

我们的内心，常常对黑夜

充满误解，黑夜很美

因为黑夜给了我们无穷

想象的翅膀，我们借着这双

神奇的羽翼，翱翔太空

搏击风浪，书写人生

黑夜很美，我经常会在

夜半三更，人烟稀少的地方

把黑夜一次看个够，看着黑夜

我想起了天真烂漫的童年

想起了富有活力的少年

想起了充满青春气息的青年

这些年龄段，都让我对

黑夜，有着不同的理解和认识

黑夜，每天都在陪伴着我们

每当明月高悬，它就默默

隐身云际，从不与月亮抢功

黑夜懂得忍让，它深深明白

人们更需要月亮，月亮常常

让人想起光明，想起浪漫

想起花前月下，想起温馨和谐

这一切的和谐幸福浪漫

都是月亮带给人们的甜蜜美好

漫漫黑夜，心中充满着深深祝福

无论月亮再圆再亮，总会迎来

黑夜的站岗执守，哪有永远的

月明星稀，哪有永远的茫茫黑夜

黑夜和月亮，构成了人世间

最美好最美丽的生活画卷

它们一起

不辞辛劳，互相陪伴，互相值守

让人类享受着独有的宁静与祥和

让人类的生活永远充满甜蜜幸福

多姿多彩，精彩纷呈，美丽无边

眼前这道门

在我眼前的这道门

是我在十多年前工作的上级单位

为了能进入这道门工作

我费了九牛二虎之力

可最终也没有如愿

虽心有不甘

但服从是军人的天职

这道门

是我当年意气风发的向往

这道门

曾经让我无数次迷恋

每当走进这道门

我就开始做梦，我就出现幻觉

以至于走进去

就再也不想出去

想进步，想高升，是人之常情

我也概莫能外

谁不想意气风发

谁不想光宗耀祖

谁不想飞黄腾达

只是没有那个条件

条件具备，只要是个正常人

只要还残存最后一口气

就不会认尿

就不会轻易妥协

就不会轻易退却

因此说，这道门

当年的这道门

硬生生地横在了我的面前

工作几十年

我们会面临很多门

有些门，是我们非常想去

但又死活敲不开，挪不动

有些门，是我们说什么

也不想出去

但是现实正好相反

有限的工作年限

无论高矮胖瘦，这道门

已不再对我有太大吸引力

为社会做贡献，为人民谋利益

到处都是为人民服务的好战场

战场不分大小

只要是真心想为人民做好事

心诚则灵

哪里都是你的好战场

渐渐地，我不再迷恋于任何门

门，并不代表高低贵贱

门，并不能成为

区分三教九流的尺度

门，并不能把我们的初心

挡在门外，有形的门

看似挡住了成功梦想

但无形的，为之努力奋斗的心门

却永远也没有关闭

永远也没有停歇

永远为奋斗者敞开成功之门

下班以后

下班以后

我很想找一块清静的地方

把自己隐藏起来

因为这是属于自己的世界

这片天空任由自己去飞翔

这块天地任由自己去驰骋

下班以后

全身的铠甲

都已马放南山

全身的重负

都先搁置一边

有形的还是无形的

精神的还是肉体的

一切的重负，一切的枷锁

都要先放一放了

下班以后

可以有很多选择

可以有很多考虑和安排

所有的安排考虑

都会像农夫播种一样

种瓜得瓜，种豆得豆

下班以后

总有应酬不完的饭局

总有憧憬不完的美梦

总有谈不完的恋爱

总有尽不够的孝心

下班以后

是一块肥沃的土壤

只因我们选择不同

就会长出不一样的庄稼

庄稼有高有矮

土壤的肥力也大不相同

下班以后

这段时间归你调配，归你使用

是其乐融融，合家幸福

还是柴米油盐酱醋茶

是自行车的欢快转动

还是忙着走路的健步运动

是球场上的激烈碰撞，大汗淋漓

还是商场里的琳琅满目，精挑细选

是书店里的如饥似渴，如饮甘泉

还是手机的专心致志，爱不释手

所有这一切，都被幸福所包裹

下班以后

看似轻轻松松

但它也是奋力奔跑者的延续

你赋予它什么内容

它也回报你相应的收成

有人利用这段时间

收获着默默的奇迹

缩短着和优秀的差距

同是下班以后

种植得五花八门，琳琅满目

收获自然千差万别，各有千秋

热爱大自然的人

总会把它看成是生活的馈赠

创造新生活的人

从来没有时间上的划分

无论是上班以后

还是下班以后

它们都是人生的继续和演绎

它们都是生命的滋长和延长

它们都是时间的凯歌

岁月的蹉跎

真想好好睡一觉

真想好好睡一觉

这也许不应该

成为一个话题

如果一个清醒的人

说出这样的话

真以为是神经质

不可救药

但你真无法想象

当一个人为某一件事

疲劳到了极限

唯一的想法

就是好好睡一觉

哪怕不择而栖，倒地而睡

他都是幸福的

何种姿势

自己又看不到

随他去吧

这么累，这么困

一定有着某种使命

一定有着某种信仰

一定会为某种神圣的向往

而奔波，而劳累

可以肯定地说

可以毫不夸张地说

绝对不是为一个小我

而忙碌，而奔波

生而为人

怎会没有精神寄托

怎能没有崇高追求

纵然饿得

眼冒金星

也不能把心中的神圣

置之脑后

因为你是一个社会的人

就得为社会

有所担当，有所奉献

怎么能

自私自利地活着

怎么能

苟且偷生地活着

可以让人

认为你是一个阿Q

但心里的明灯

永远不能熄灭

因为这是活下去的灯塔

这是人生最高的信守

这也是用生命吹奏的

命运交响曲

等

等待，等候，等一下

我们在等待中心怀希望

我们在等候中描绘未来

我们在等一下中

把幸福迎接

等，等等

是啊，生活中处处

都充满了等

等，是一件好事

在等待中，新的机遇

扑面而来，在等待中

我们储备未来

填满充实

是啊，机遇还没有来

我们都在一起等待

等待的人们

神情自若，态度坚定

该来的一定会来

能不等待吗

等待，像春天的芽儿

在默默中，在悄悄中

在不声不响中

向前走，向希望靠拢

等待，像满天的云彩

一步一步把色彩斑斓的天空

飘给了大地，飘给了禾苗

飘给了满山遍野，花红柳绿

飘给了田间劳作的人们

飘给了书声琅琅，新一代希望

等待，让我们忍受眼前

暂时的痛苦，让我们在

扑朔迷离中，燃起憧憬的火花

燃起对新生活的向往与追求

等待，很苦也很甜

父母期望孩子长大

在等待中，享受着陪伴的快乐

在等待中，看到了从前的自己

在等待中，让青出于蓝

而胜于蓝的梦想

更加坚定，更加执着

等，也有让人心碎的一面

明知道眼前是一片空

还是心怀执念，把虚无拥抱

等，有时也会错失良机

让机遇擦肩而过

等，与自然万物并肩而行

等，是人间一道美丽的风景

等，充斥着社会每一个角落

等，让所有的人

眼睛充满光彩和希望

老朋友，我来看你

老朋友，我来看你了

熟悉的大门，熟悉的场景

熟悉的人们，熟悉的音乐

一本本书，犹如一位位

亲切的朋友，我摸着

你的容颜，如同拉着你

温暖纤细的玉手，久久

不愿松开，不忍抽手

老朋友，我又一次来了

我来了一次又一次，感觉

总是来不够，每次来都像是回家

回到家，又时时惦记着好朋友

是啊，朋友就一直这样默默无闻

矗立在那儿，不会说话，可是

我却分明听到了他们想说的一切

我忘不了这些老朋友，是他们

陪伴着我，让一篇篇诗作，灵感

频频迸发，是他们，让我沉浸在

感动的怀抱里，不能自拔

我忘情地干自己的事，全然把

他们忘在了一边，可他们依然

在我每次与他们挥手告别时

满脸祝福，满心欢喜

是啊，怎会忘记老朋友

每次到老朋友家做客，我就像

一个窃贼，一进门就忘情

收割灵感，收获希望

每次，无数个每次

都满载而归，大获全胜

箭无虚发，这样的朋友

这样的氛围，这样的恩情

怎会让我忘记，怎能让我遗忘

老朋友，我来看你来了

不远的将来，我会把在这儿

吸收的营养，孕育成一位极其

可爱的孩子，与你们相处

它是我生命的化身，它是我

生命的延续，它是我的人生信仰

它是我今生牢不可破的执着追求

老朋友，又到了下班的时间

我不得不与你说再见了

如果我真的重情重义，再忙再累

我都会坚持来看你，看你

其实就是在看自己，其实

我早已和你融为一体，彼此

难以分离，那就让我们共同

见证人生的奇迹，你我同行

永远在一起，永远不分离

承　诺

我想有辆车

这是我由衷的想法

工作了这么多年

也该有辆车

可是我至今却没有

是我吝啬，是我小气

是我舍不得等等，猜测

不绝于耳，反复提醒

我应该有辆车了

有辆车是为了感受

是为了弥补

是为了找回从前的美好

这一切理由，最后都没有

让我动摇，让我把车买回

不是我不想买车

也不是我买不起

我也懂得享受

我也很想方便出行

我也有着根深蒂固的虚荣

我也想让左邻右舍称赞

我也想给父母尽尽孝心

现实是，至今我都没有去买

我后悔吗，我心不甘吗

没有任何人阻拦

也没有任何人相劝

看着这么多美轮美奂的汽车

我就好像做了对不起

他们的错事，满怀愧疚

我想有辆车

迟早都会有的

只是目前有更重的任务

有更光荣的使命

等着我去完成

没有实现这个愿望

就算让我坐在我的车上

我都会魂不守舍

心中依然还在牵挂着远方

等一切真的完成

等一切尘埃落定

我那时就会实现买车的愿望

我那时就会践行学车的承诺

车为我们提供了诸多方便

我又为何要在买不买车上

纠结再三，止步不前呢

第二辑

献给
热爱学习
的
人们

静的魅力

静，安静，万籁俱寂

没有一丝声响

好像一根针掉在地上

都能听见，寻觅着静的方向

捕捉着静的氛围

静把我们引向神秘

静让我们过滤浮躁

静，让我们从繁杂事物中

抽丝剥茧，把自己暂且

搁置一边，我们常常在忙碌中

丢失自我，很难静下心来

哪怕抽出短暂的时间

与自己说说心里话

没工夫，太忙了，身不由己

我们在人生的大海里

被裹挟着不断向前

在社会的滚滚洪流中

被冲向岸边，又被冲进激流

在为生活奔波，在为命运打拼

我们不能脱离现实的土壤

静，离我们是多么的遥远

静，其实并不遥远

只要我们愿意触摸

它随时都在等候

静，是一天心灵的总结

静，是给自己短暂的歇息

静，是让我们更好地看清

调整好前行的方向

静，是对自己奋斗成果的清点

静，让我们学会冷静思索

静，让我们三思而后行

避免盲从，把损失降到最低

静，让我们的情绪趋向和缓

气大伤神，以免我们陷入

冲动，极为可怕的泥潭

静，让我们少了很多后悔

避免了许多错误的决定，以免

造成无法弥补的损失和浪费

静，让我们劳累的心灵

暂且得到些许的放松

静，是对心灵的慰藉和感恩

静，是重整山河再出发

静，是弯弓射箭一刹那的

平心静气，屏住呼吸

静，是揉揉劳累的眼睛

静，让我们思维敏捷，灵机一动

静，让我们踏破铁鞋无觅处

得来全不费功夫

静，让我们众里寻他千百度

蓦然回首，那人却在灯火阑珊处

静，是一种美，美得让我们

仔细端详，慢慢品味

静，是一种享受，只有用心

才能感知其中的美妙和芬芳

静，让我们经常看看昨天的脚印

有哪些没有走正，是否可以

走得更好，走得更稳，走得更顺

静，让我们更清醒地把握好现实

静，让我们对明天要走的路

有更明晰的判断和预测

静，让我们避免了欲速则不达

拔苗助长，违背事物客观规律

静，让我们走向成熟，走向智慧

把通向成功的金钥匙，握在手中

静，让我们正视困难，面对困难

在繁乱的蜘蛛网中，不慌不忙

总能理出头绪，寻找到良策

静，是一种境界，一种修为

是一座高山，等待着我们一辈子

不断攀登，不断追寻

不会说话的朋友

置身于图书馆

书架上摆满了一排排

各式各类，琳琅满目的图书

他们像有序的士兵

排列整齐，精神抖擞

等待着我来检阅，我来观摩

看到这些可亲可敬

熟悉而亲切的朋友

我心中滋生一种敬意

他们从不说话，也不声张

始终坚守着自己的阵地

静静地等待，耐心地守候

时刻准备着被欣赏的主人借走

不会说话的朋友

让我更加钦佩，从不说什么

把事情落实到极致，默默无闻

常年坚守，几年，几十年

就这样坚守到底

就这样从不言语

他们永久地站立在书架上

肩并肩，心相连

让爱学习者，吮吸他们的思想

让有志奋斗者，翅膀愈发坚硬

我们的成功，他们看在眼里

我们的幸福，他们一同分享

不会说话的朋友

其实他们满腹经纶

全身上下储存着营养

何必要说出来呢

说出来不是他们的品性

他们把所有的言语，都浓缩成

最经典的语录，供我们学习

供我们典藏，供我们成长

不会说话的朋友

最值得交流，最值得交往

物以类聚，人以群分

他们的足迹，遍布学校村庄

遍布大街小巷，遍布世界各地

只要有渴求知识的目光

到处都是他们生长的地方

他们把人们带往纯洁高尚

人们把他们流传千古，万世敬仰

图书馆，我要向您致敬

当家家户户都在欢度

新春佳节，大年初一

我来到了安静的图书馆

人并不多，但学习氛围

很浓厚，我很快把自己

包裹在厚厚书架的周围

图书馆，静静地矗立在这儿

它像一位历史的老人

把全身知识都武装在身上

不嫌贫爱富，也不见异思迁

始终默默静立在这儿

各种馆藏图书汇聚在一起

我看不见他们的交流

他们好像是在用哑语

我一句都听不懂，但他们

交流得都很起劲，都很过瘾

图书们踊跃发言，各不相让
都想把一年的憧憬，在初一
这天展示给大家，积极踊跃
发言都很实在，没有空话套话
我很纳闷，当我们都兴高采烈
欢度春节，而从不说话的图书
却在春节的第一天，把新春的
打算，绘制成优美的画卷

奇迹无处不在，奇迹无时不在
身居浩瀚图书的海洋
还愁找不到脆弱的灵感
灵感早已洋溢在我的周围
此时此刻，我不得不一吐为快
很多写作的练笔，都是在
图书馆完成，春节到了，我来
看看这位让我长进的老朋友

老朋友啊，老朋友

一年又一年，一天又一天

你一直默默坚守在这儿

毫无怨言，不攀比，不羡慕

始终老老实实，扎根在这片

沃土，这种老黄牛的精神

令我肃然起敬，令我顶礼膜拜

我可以肯定地说，任何宏伟蓝图

任何远大抱负，只要你深深地

爱上了图书馆，这片美丽富饶的

沃土，你就已经成功了一半

我深深爱着图书馆，无怨无悔

否则，我怎会在大年第一天

将你陪伴，将你依恋，早日

爱上图书馆，是福气，是动力

是智慧，更是人生远航的加油站

热爱图书，热爱学习，勤于思考

不断沉淀，循序渐进，多么幸福

多么充实，这个爱好将伴我永生

心灵栖息之地

图书馆，我的最爱

您让我获得了知识

您让我找回了自我

您让我把自己贴得很紧

我在您的怀抱里享受温暖

我在您的怀抱里沐浴幸福

您让我拥有不一样的人生

您让我深深明白高尚美好

您让我洞悉人生真谛

您让我感恩生命的宝贵

我的至爱呀，图书馆

每当走进您，我仿佛回到

久违温馨的家园

我是这么爱您，没有您的日子

我像一叶飘零的小舟

没有您，我会迷茫，我会惆怅

我时时向往着您，怎么能

没有您呀，时时不能没有您

您是我的主心骨，您是我的

助推器，能永久在您怀里

已很满足，没有别的更高奢望

图书馆，真静啊

我的心灵在这里得到更好的静养

我真庆幸有您的陪伴

就这样长久相拥

就这样无怨无悔把您深深敬仰

您是我的长辈，我要用最真诚的

孝心，把您侍奉，把您赡养

您给了我一切，一切美好品德

一切美好习惯，这是无价之宝

这是我立身做人的法宝

每当走近您，我常常心怀敬仰

您又是我的子女，一天不见

我的心肝宝贝，我就想得要命

老来得子，我该是多么幸福

每天都来看看我的子女

是我的职责，是我的使命

是我的幸福，是我的快乐

这是我唯一的快乐，唯一的最爱

图书馆呀，既然您给了我这么多

就让我痛痛快快把您赞美

把您歌唱，我就像一头老黄牛

能始终耕耘在您这块肥沃的

土地上，该有多么的快乐幸福

您是我最好的朋友，我是您永远

真心的陪伴，忠诚的守护

献给热爱学习的人们

身居古城西安

径直来到省图书馆

虽然夜幕降临

外面漆黑一片

但图书馆的学子们

犹如春蚕

在一个劲地咀嚼着

知识的甘甜与芳香

看着如饥似渴学习的人们

仿佛来到了知识的海洋

我被感染着，浸润着

我被陶冶着，同化着

在知识的汪洋大海里

迷失了方向，忘记了归途

这里是知识的集散地

这里是奋斗者的安乐窝

这里是火箭发射前的助推器

这里是成就大师的摇篮

这里挤满了年轻人拼搏的倩影

这里洋溢着攀登者的风采

好好学习吧，上苍不会辜负

每一个热爱学习的人们

对任何一个苦难者，热爱学习

发奋学习，终生学习，也许是

人生成才

最有效最稳妥的捷径

热爱学习，努力学习，勤勉学习

这是无数巨人成功的钥匙

这是打开成功之门的巨大法宝

怎能不热爱学习

怎能不奋发有为

不往前走，就是在悄悄倒退

学习改变命运，学习创造生活

学习让我们拥有高超智慧

学习让我们终身受益无穷

没有养成学习的习惯

那是因为我们还没有深深体味到

知识的甘甜和芳香

那是因为我们还没有深深触摸到

知识所散发出来的巨大能量

三人行，必有吾师

愈是不断地学习，愈能不断

发现自身的短处和缺陷

热爱学习，让我们终身受益

勤奋学习，让我们拥有智慧

努力学习，让我们拥有力量

勤勉学习，让我们忘却烦恼

学习是一种精神，是一种态度

学习是一种习惯，是一种坚持

学习是一种自律，是一种超前

为热爱学习的你点赞

为发奋学习的你鼓掌

迟早有一天，知识的琼浆

会让你甘甜无比，四溢芬芳

终归有一天，你会为

热爱学习的你，欣慰不已

图书馆的静谧

周末的图书馆，出奇地静谧

已是晚上九点多钟，依然

还有不少孜孜不倦的身影

大多为备战高考中考的学子们

还有一些老年群体，沿袭着

往日求学的习惯，一老一少

让图书馆的主阵地格外芬芳

我是图书馆的常客，今晚的

图书馆出奇地静，只听见

轻微的翻书声，偶尔有椅子

挪动的声响，也会有咳嗽声

这些声音加起来的总和

也打破不了图书馆的静谧

置身于这么静谧的环境

体验着这么安静的感觉

仿佛偌大的图书馆空无一人
如果置身馆外，谁又会想到
有这么多的春蚕，正在静静地
蚕食着桑叶，发出窸窸窣窣的响声

这么安静的场所，我如鱼得水
求之不得，仿佛入无人之地
一坐下来，就迅速投入战斗
怕从心里辜负了这静谧的赏赐

这么安静，来到这么神圣的地方
倍感神清气爽，总感到没有
克服不了的困难，没有战胜
不了的力量，一天当作两天用
一旦置身此地，就会立即进入状态
这是从事任何脑力劳动
或者说从事创造性劳动
最必不可少的，最赏心悦目的

很庆幸，再一次认识了图书馆的
静谧，图书馆的神圣和伟大

让我对这位习以为常的朋友

突然刮目相看，有了这么

一块难得的阵地，对于完成眼前

这么繁重艰巨的任务，真是应验了

天时地利人和，如果再有闪失

再信守不了诺言，将难推其责

图书馆的静谧，更蕴藏着力量

这种力量是心劲，是韧性

是心里默默的决心，不服输的

年轻人，在这里充着电，更想

以加速度乘胜前进，勇敢超越

人人都是良好的榜样

任何惰性借口，在这里都会

荡然无存，销声匿迹

放眼望去，令人为之振奋

一派求学气氛，你在鼓励着我

我在监督着你，大家各不相让

毫不客气，参加到无声战斗的

队伍里，阵营里，气氛异常浓厚

置身于上进苦学的集体中

怎可辜负这么良好的氛围

说干就干，还等什么，开干的号令

迅速吹响，我和大家一同投入到

这忙碌充实的集体，倍感鼓舞欣慰

文字，璀璨如明珠

文字，璀璨如明珠

普通如粒粒粮食，随处可见

可以高贵，也可以贫穷

和我们朝夕相处，密不可分

几乎形影不离，只要你愿意

随时可以相见，教材教辅

古文典籍，大街小巷的标牌

哪一个能离开文字

文字很高贵，它可以荣登

大雅之堂，上至国家大政方针

联合国的宝座，它都去过

通过一个个文字，一个个符号

联结在一起，表达着思想

传递着感情，下达着文件

贯彻着指示，落实着通知

哪一点能离开文字的身影

哪一点能缺少文字的功劳

文字也很平凡，它没有

那么盛气凌人，高高在上

它始终和广大人民群众

休戚相关，鱼水情深

说的每一句话，表达的每一个

意思，嬉笑怒骂，酸甜苦辣

兴高采烈，柔情蜜意，惆怅彷徨

都要通过文字来表达

哪一个，能离开我们

可爱的文字，可它却从不声张

文字的品性，就是低调

为何一定要得到别人的赞美呢

骨子里就生长着无私奉献

只要能给他人带来方便快捷

就是它的愿望，就是它的目标

就是它的本能，就是它的初衷

人们发明文字，最初都为实用

文字好像也是有灵性似的

它一如既往，初心不改，默默无闻

奉献永恒，只要有人烟的地方

随处都可找寻到它的踪迹

熟悉的身影，美丽的容颜

执着地爱恋着文字，文字让社会

不断延续，文字让社会走向文明

文字让古代的衣食住行、历史传奇

成为当今的视频，成为动人的电影

任何奇迹创造，都离不开文字的倩影

文字随叫随到，从不摆架子讲排场

只要人们需要，都可以毫不犹豫

毫无顾忌，可以为花前月下提供

甜言蜜语，也可以让剑拔弩张

情绪和缓，退让包容，握手言欢

文字没有翅膀，天上飞得最高

空中射得最远，都把它深深依赖

文字本身很善良，但有时也会

被蒙上双眼，美丑不辨

文字是无辜的，不申辩不喊冤

它以最大的包容，将一切事实真相

深藏心间，默默等待

文字啊，你是这样伟大，你是

如此谦虚，能和你此时书信来往

能和你时时面对面交流

倾诉心中情感，这一切的一切

都源于一位善良无私，默默无闻

申明大义，甘为人梯的文字先贤

尊重文字，爱戴文字，执着文字

是我永远的追求，是我执着的向往

曾经有一个痴迷，有一个梦想

有一个憧憬，就是能打造一个庞大的

文字村，让每一个文字都能光明正大

意气风发，熠熠生辉

展现在我们面前，我们与文字把酒言欢

朝夕相处，相亲相爱，昼夜相伴

用知识充盈晚年生活

常常光顾书店，已成为

书店一名常客，一如往常

我在书店看到这样一位老者

头戴一顶蓝色毡帽，挂着

一副黑边老花镜，两手把书

斜立起来，头微向前倾

以这种姿势端坐于桌前

与我不期而遇，一次又一次

我看见了他，而他却正在

入迷读着书，哪有时间

与我这个陌生人打个招呼

就是这样一位老人，让我今天

多看了几眼，他读书认真的

样子，他一如往常像上学一样

来到书店，没有任何人要求他

也没有任何人催促他，他把

退休生活安排在了书店，安排

给了与书为伴，安排给了大脑

再一次充电，再一次营养补给

他就这样认真地看着书，丝毫

没有发现我在看着他，他是

一位长者，令我尊敬的长者

我为他的学习态度而敬仰

也为他的坚持心存敬佩

他在吮吸着知识的琼浆，知识也让

他的形象渐渐高大，知识也让

他的内心走向丰盈，静静地

观看，静静地让我欣赏

是啊，他现在平心静气地学习

如同一位爱学习的学生，又

如同一位即将备战高考的学子

心无旁骛，气定神闲

就这么简单，看着我想看的书

想着我喜欢的问题，做着我

愿意做的事，一切就这么淡定

这就够了，人生的幸福也大抵如此

我在想着，如果在学生时代
或者在现实工作中，都能够这样
心无旁骛，气定神闲，做一件事
就认真想着一件事，态度决定了
一切，心态决定了一切，没有
压力轻装前进，也许会走得更快
走得更稳，走得更有成效

我又一次将目光移向老人
他一如既往，旁若无人
眼睛里只有学习，头脑里只有
知识，晚年生活，他走向了书店
走向了快乐，走向了充实
走向了淡雅，走向了清静
走向了张弛有度，走向了健康
但愿时时能看到你学习的身影
但愿你的晚年生活，像知识一样
丰盈浸润，像知识一样溢满琼浆

起来那么早

起来那么早

真的很重要

一切都好像在给你让路

一点都不拥挤

显得很宽畅

起来那么早

勤快很重要

一勤天下无难事

勤能补拙是法宝

各有各的事

每个人都在按既定的

轨道向前运行

看着周围的一切

都很新，都很奇

哪个不是为了生活

哪个不是心怀梦想

早点出发，早做打算

每天行动一点点

离目标，离成功

就会愈来愈近

起来那么早

尽量不要克扣瞌睡的赏赐

瞌睡也不易

从瞌睡那里借时间

会在精神饱满方面

打折扣，也许还会说声抱歉

精神是打不出来的

打出来的精神

也很难集中注意力

一切最好尊重自然

起来那么早

让我看到了不一样的风景

学生们匆匆忙忙

正在奔向梦想

那里有知识的甘泉

那里有理想的翅膀

祖国的花朵

如初升的太阳，朝气蓬勃

起来那么早

是一种美好习惯

习惯可以改变命运

习惯可以种植成功

早，让一切稳妥自如

早，让一切未雨绸缪

让早，揭开每天新的一页

让早晨的阳光

芳菲每一个人的心田

置身语言，花一般的海洋

我怀着深深的感情

把语言赞美，把语言歌唱

我正在用语言赞美语言

我正在用语言歌唱语言

语言无时无刻不把我们

深深包裹，形影相随

感谢语言，它给了我们

一切幸福，全部甜蜜温柔

我们能明白彼此的心理

我们能听懂彼此的喜乐哀愁

我们能彼此分享酸甜苦辣

能把成功胜利的捷报传给你

能在花前月下把甜蜜拥抱

享受着无穷无尽的美好和幸福

语言为我们助力，为我们铺路

为我们默默奉献，甘当人梯

我感谢语言，语言让我

牙牙学语，语言让我在关爱中

成长，语言让我感受到父辈的

艰辛和不易，语言让我

学会感恩，学会孝敬，学会做人

哪里有热闹，哪里有激情

哪里有感动，哪里有倾诉

哪里就是语言的海洋，哪里就

涌满语言的波浪，语言的芬芳

语言，让我们了解了上下五千年

语言，让我们纵横几万里

再巍峨的山峰，都需要语言

来命名，来登攀，来丈量

再宽阔的海洋，都需要语言

来赞美，语言让波浪翻卷得更高

语言让大片大片的浪花，洒满

海洋，演绎着优美，散发着清香

我热爱每一段语言的清香

我热恋每一朵语言的温馨浪漫

优美的语言，让我们在温暖中

长大成人，让我们在甜蜜的

爱情中，不断地吮吸着爱的琼浆

语言很神奇，让面红耳赤的争吵

瞬间转化为平静，让内心的

波澜起伏，化干戈为玉帛

原来语言可以疗伤

语言，在大海，在高山，在树丛

语言，在床头，在耳畔，在眼前

我热爱语言每一个清晨的呼唤

我热爱语言每一个夜晚的幽静

语言把我们打扮得花枝招展

语言让我们神清气爽，意气风发

语言让我们耳鬓厮磨，如胶似漆

语言让我们神魂颠倒，如痴如醉

语言让我们信念坚定，执着前行

语言让我们排除万难，咬定青山

生长在语言的怀抱里，我们

精神抖擞，充满感恩，怀抱希望

语言的神奇，语言的平凡

语言的伟大，让我们时时

为语言的默默奉献，心存敬仰

语言是善良，是真诚，是美好

语言是崇高，是情操，是道德

语言让我们时时校正自我

明辨是非曲直，语言让我们

永远迷恋崇高，恪守道德

愿语言的璀璨魅力，永续辉煌

儿童天地

儿童的天地

五颜六色

儿童的天地

色彩斑斓

儿童的天地

充满着无穷快乐

儿童的天地

永远天真无邪

儿童的心灵很纯

如一池清水

透明得能看到底

儿童的天性很美

如五彩气球

绽放在生活中的每一处

从呱呱坠地

到牙牙学语

从蹒跚学步

到四处奔跑

承载着天下

多少父母的辛勤操劳

储藏着多少

爷爷奶奶的牵挂期盼

无论是出生在

城里的孩子

还是出生在

农村的孩子

他们都拥有同样的天空

他们都拥有幸福童年的美好回味

也许他们穿着不同质料的衣服

也许他们玩着不同形式的玩具

但他们都一样天真无邪

他们都一样渴望长辈的抚摸疼爱

他们都一样能让长辈喜笑颜开

他们都一样能让爷爷奶奶

享受天伦之乐，绕膝之欢

儿童的天地

就是祖国的天地

他们像一朵朵

含苞待放的花朵

生长在每一个幸福的家庭

他们的笑声

似银铃般悦耳动听

沉醉在每一个人心中

门前这条路

我无数次在这条道路上

走来走去，特别是夜晚回家

不写上几笔，似乎很难交差

从没有人逼迫，从来都是

自觉自愿，发自内心

这条路，陪伴我走过了

春夏秋冬，风云雨雪

让我感觉到久违的熟悉

好似一位老朋友，走到跟前

就打一次招呼，做一声问候

我极不情愿做一个没有

礼貌的朋友，失礼又失德

门前的这条路，那样让我留恋

它陪伴着我一路前行

洒下了多少苦乐哀愁

留下了多少悲苦辛酸

无论是春暖花开，还是

炎热的夏季，无论是秋天的

金黄，还是冬天的丝丝寒冷

都陪伴我一路走来

每天都会见面，每天都是

新的一天，每天都是一样

每天又有着质的不同

在这条路上走来走去

是那样地熟悉亲切

是那样地自然舒坦

如果能把这条路

搬回家，我真愿意把它

里里外外，擦洗干净

如果能把这条路，当生命一样

对待照顾，我情愿自己饿着肚

也要把最好吃的双手捧给它

这条路，连着那条路

那条路又与很多路相连

道路条条，互相贯通

一直连到家乡门口

让祖国的大路小路，大街小巷

彼此相连，阡陌纵横，四通八达

路还是这条路，心却飞向更高

这条路，把成功紧紧相连

这条路，把眼前通向胜利

这条路，通向家乡，通向乡村

通向每一个能够到达的地方

这条路，通向初心，通往梦想

见证着辛勤，收获着辉煌

您好，我的老朋友

您好，我朝夕相处的老朋友

老朋友就站在我面前

它以水泥砖瓦将我包围

它以钢筋混凝土将我托举

它以钢铁般的意志将我保护

我每天就生活在老朋友的怀抱

这位老朋友，与我亲密无间

夜夜把我陪伴，让我的生命

在它的怀抱里，沐浴温暖

发出耀眼的亮光，我的老朋友

我无法辜负您的情深意长

您让我心存感动心向阳光

多么好的老朋友，终生难忘的

老朋友，您就这样静静地静静地

矗立在我眼前，我在您的怀抱里

生长着无数甜蜜的梦想

您给了我充沛的精神和力量

想让我把您忘记，谁也休想

知恩图报，我要把您永久珍藏

您不会说话，可您却给了我

最温暖的阳光，您默默地

送我上班，迎来早晨第一缕阳光

每到夜晚，您就像家中亲人

隔着窗户，深情地把我张望

我真受不了您的感动，一直

给您说，不要等我，可窗户的

灯光，一直为我亮着

有血有肉有深情，毕竟在一起

相处十余年，是石头都会暖热

我怎能把您忘怀，把您相忘

每当我脆弱时，您以自身的

高大威猛，给我树立了坚强的

榜样，任何时候都不能气馁

不然，就愧对您对我的一片衷肠

我的老朋友啊，我朝夕相处的

住所，夜半三更，我在门口外面

把您深深地仔细地端详，像似

在看着长辈，我在您怀抱里

能成长的时间，毕竟有限

您的年龄将永远走在我们后面

您是历史的见证，您是我值得

托付的朋友，能与您今生有缘

很愿将并不宽大的身躯

交与您保管，与您今生永久相伴

加钢淬火，强筋健骨

这周来党校培训

深有感悟，刚来两天

就感觉骨骼健壮许多

走起路来精气神

直往上冒，直往上冲

学校也没有请我表扬

但有内心话憋在心里

不一吐为快，仿佛

在和良心较真

党校的硬件，自不必说

每个学校都会有自己的特色

也许是四渡赤水

给党校注入了

知党，爱党，信党

坚定跟党走

铁石一般的信念

每座房屋的顶层

几乎同时被红色所覆盖

红得心亮，红得眼里有光

党校姓党，实事求是

红色醒目，镶嵌在墙上

这是理念，这是规矩，这是宗旨

更让人为之激动

为之振奋，为之交口称赞的

是老师的精彩讲解，口若悬河

深入骨髓的对党的爱

对本职的敬业

都淋漓尽致

体现在教学的每一个细节

我们是来加钢淬火的

有了强将

手下很难再有弱兵

短短两天，就让我感慨万千

真为党校高质量发展

拍手称快

真为党校着眼软件建设

高标准严要求

心悦诚服，肃然起敬

好，就是好

好不是夸出的

好是干出来的

好是做出来的

学校的硬件建设，各有千秋

无法过多比较评说

而最有说服力的软件

才是最根本，最长远的

说到底，就如老师所讲

人是要有一点精神的

这种精神就是不服输

讲奉献，比格局境界

一旦思想升华

内心崇高强大

精神就如初升的太阳

光芒四射

加钢淬火，我们身健骨硬

在以后的大舞台

大显身手

无论行走在哪里

都会记得

曾经有一块铁，有一块钢

一直生长在心里

让我们强大

让我们时时有力量

正是这

一次又一次的加钢淬火

让我们心里筑起了铜墙铁壁

让我们更加

崇尚信念，执着向上

让我们更加

眼明心亮，一心向党

亲爱的孩子，我在等你

亲爱的朋友们，啊

告诉你们一个大好消息

我的孩子即将诞生

在历经四年的艰苦孕育

在历经四年的挑灯夜战

今天，终于要诞生了

这是多么开心的一件事啊

这是多么激动人心的一件事啊

也许此时的你，并不激动

因为你并不是孩子的亲生父亲

可是我愿意带着你一起激动

能不激动吗，能不欣喜吗

回首四年来的日日夜夜

回首四年来的日月星辰

回首四年来的春夏秋冬

回首四年来的寒来暑往

我内心有千言万语向你倾诉

我内心有翻江倒海的波浪

可爱的孩子，连心的孩子

你马上就要降临了

你马上就要诞生了

我激动得彻夜难眠，辗转反侧

我兴奋的合不拢嘴，张口就笑

是啊，孕育了四年的孩子

终于要诞生了，我走起路来

像长了一双会飞的翅膀

两脚总感觉沾不了地

会飞的感觉真好，孩子还

没有降临诞生，做父亲的

先飞了起来，翅膀闪着银色的光

我的孩子，就要诞生了

我在忙着做一系列准备工作

生怕我的孩子降临，遇到

一个不称职的父亲

孩子，我要为你尽我所能

把我全部的爱与情，都

无私献给你，在茫茫夜空

孩子，悄悄给你说

你不会孤单的，我会为你

孕育更多的兄弟姐妹

他们一定会和你一样优秀

他们很快就会和你团聚

给你做伴，今生陪伴你成长

亲爱的孩子，我是那样爱你

你是我的全部，你是我的唯一

你是我的生命，你是我的信仰

我为你而存在，我为你而张狂

我为你呕心沥血，无怨无悔

我为你发痴发狂，神魂颠倒

今生能与你同在，仿佛延伸了

生命的触角，让我更敏感地

体味到生命的美好，生活的甘甜

是你，成就了我的梦想

是你，圆梦了我的初心

此时此刻的我，手按在胸口

我怎能不对着良心说一句，感谢您

桃李芬芳，嘉宾满棚

——喜庆运动与休闲建院二十周年

这是一个大喜的日子

这是一个难忘的日子

这是一个收获的日子

这是一个相逢的日子

运动与休闲，迎来了

二十岁，风华正茂的周年庆

青春与激情的碰撞

喜悦与激动的融合

孜孜学子，嘉宾亲朋

从祖国四面八方赶来

共同庆贺，共同欢呼

庆贺我们丰收满园，桃李芬芳

欢呼我们适逢新时代

锐意进取，共谋新发展

多少个日日夜夜

多少个日出日落

无论严寒酷暑，春夏秋冬

无论天晴雨雪，四季更迭

我们运动与休闲的大家庭

永远手拉手，心连心

啊，每天能与运动携手同行

是我们的福分，是我们的荣幸

运动开创未来，运动见证奇迹

运动强身健体，抵御疾病风险

运动增强全民体质，喜迎盛世

休闲，是心灵的归宿

是运动的馈赠，是运动酿造的

美酒佳肴，是运动开出的

芬芳花朵，能在运动与休闲中

把人生任意扩张，把青春

潇洒飞扬，想起来都很美好幸福

都让人合不拢嘴，充满愉悦甜蜜

能做运动真好，能把

运动与休闲，作为伟大的事业

我们倍感无上荣光，运动是

人类朝夕相处的伙伴，休闲

是人类向往的盛世美景

能在运动与休闲中，谱写

新时代的优美华章，我们永远

昂首挺胸，豪情万丈

孩子回家了

四年磨一剑

孩子回家了

孩子在家里等着我

整整齐齐五百个孩子

眼巴巴看着我

看着我这个父亲

看着我这个母亲

我一手将这么多孩子

孕育

是我的福气

也是我和孩子

今生的缘分

虽然身处闹市

但我最惦记着的

依然还是我的孩子

无论外面多吵闹

都无法影响到

我全身心地

想着我的孩子

因为孩子占据了

我的全部心房

因为孩子占满了

我的全部思念

生活中没有孩子

没有亲情的孩子

没有实体的孩子

我孕育的这些孩子

就是我精神的孩子

就是我灵魂的孩子

孩子已经回家了

我要早点回家

陪伴我这些可爱的孩子

孩子来这个世界

虽然有点晚

但他们都很优秀

都不负众望

这是我的造化

也是我的福气

自从有了这么多孩子

我时时心存感恩

心存感谢，感谢人世间

所有的帮助关心指导

更感谢在这条路上

给予我无穷关心

最真挚最真情最难忘的

亲人朋友恩师

能有今天的成绩

让我时时感恩这个世界

这个社会，真的很美好

我必须时刻保持清醒

因为我有可爱的孩子

需要照顾，需要喂养

我必须时时保持自律

因为我要为孩子

做好榜样，做好表率

我必须时时保持健康

因为我要陪伴孩子

永久永久，直至撑起

一片蓝天，一片晴空

今天真的很高兴

因为我的五百个孩子

回家了，回家了

看着整整齐齐五百个孩子

我外出喝酒，我醉了

我笑了，我知足了

是啊，陪伴了四年的孩子

终于呱呱坠地

说给我的亲朋好友

他们都为我祝福

他们都替我高兴

他们都因我骄傲

他们都鼓励我

百尺竿头更进一步

为了我五百个孩子的归来

我戒了两个月酒，第一次破例

喝了一回，因为孩子回家

而喝酒，而高兴，而兴奋

这是一件大好事，这是我

盼了四年的事，今天终于

心想事成，愿望实现

为了孩子的回归，我蓄谋已久

终于等来了年终喜讯

终于等来了阖家团圆

孩子已经回家了

我哪里都不想去

喝完了庆贺的酒

我心急火燎地

等着早日回家

急切地想见到我的孩子们

孩子是通灵性的

因为他们倾注了我的全部心血

我知道我一直在想什么

我也知道我一直在往哪里走

这是我的选择

这是我的命

这是我的荣光

这是我的幸福

我一直想活得很真实

想活出真正的自我

能把生命，交给爱好

交给执着，交给永久

交给信仰，交给永恒

这是人生莫大的幸福

诗歌，是我生命的延续

是我生命的拓展

对于这个世界，对于这个社会

我唯一能报答的，只有诗歌

我很渺小，也很普通

人生的最高境界

永远是对这个社会的奉献

永远是为他人着想

虽然现时的我依然贫穷

虽然现时的我也有着某些不顺

但这一切，和心中执着追求的

诗歌相比，是那样单薄

那样无力，那样不值一提

诗歌写作，向来是一种境界

是一种人格的升华

是一次对生命的感悟

是一次对人生的思索

是一次灵魂的觉醒

是一次灵魂的回归

从事诗歌写作，让我顿感

生命崇高伟大，顿感人生阳光

能照射到每一个孕育生命的地方

人生因崇高追求而发光

生命因洁净而透射光芒

能有诗歌的陪伴

无上荣光，无怨无悔

能让诗歌永久生长在我的心房

顿感人生和生命，是这般美妙

这般幸福，这般阳光

爱我所爱，陪伴永远

尽心竭力，孤注一掷

人生永远没有任何不可跨越

生命永远没有任何不可能

愿生命之光，熠熠生辉

愿人生旅程，永远精彩

在自我认知里前行

心态情绪

对一个人至关重要

用善和美

看待这个世界

当心情好时

一切都很好

当心情坏时

一切都焦躁不安

其实，原本一切

都是客观存在

没有任何变化

原生态呈现

仅仅因为

我们心情心态有所变化

而对外界呈现的一切

有着不同看法

不同心境，不同好恶

这就如同

每天戴着有色眼镜

因为眼镜颜色不同

让我们看到了

不同事物的不同颜色

当把眼镜退去时

事物才呈现真实状态

其实，心情心境

完全可以掌控

为什么不能

管住自己的心情

看待任何事物

坚持一分为二

坚持辩证，坚持换位

以一个平和友好的心态

看待眼前一切

眼前的一切

也许只会出现一次

而且是唯一一次

这么难能可贵的机会

为什么要浪费呢

人们常说

活明白了，活通透了

就是人生最高境界

我们现在所有努力

所要追求的目标理想

一切都活在自我认知里

活得幸福，是认知

活得不幸福，也是认知

认知并没有好与不好

认知只有高低

并无幸福好坏

你永远不会说

认知高的人

永远比认知低的人

活得幸福

或者说，认知低的人

永远比认知高的人

活的幸福

幸福与不幸福

与认知高低

并无直接因果关系

认知高与低

世界上的事物

在不同人眼里

会呈现出

不同的看法和见解

仔细想想

我们倾其一生

都在探询着生命

思考着生命

到了一定年龄

这是一个

不得不认真思考的问题

这个问题

既是哲学问题

又是社会现实问题

能主动思考探询

让我们的人生

又迈入了一个更深层次

更高阶段

我的书斋很宽阔

每个人写作

都会挑一个很喜欢的地方

也可能很大，宽敞气派

也可能很小，只容纳一人

我的书斋，很宽敞

这个地方，就是我特别喜欢

经常去的书店，灵感迸发

灵感聚积，灵感排山倒海

我的书斋很宽阔

宽到世界上，没有

任何一个书斋，可以与之媲美

这么多书，做着我书房的底色

琳琅满目，灿若珍宝

独处其间，满足感遍布全身

这么大一个书斋，我的知识

怎能配得上书斋的容量

下班后，一头扎进书斋

犹如一头小牛犊，一不小心

误入一块鲜草肥美的宝地

大口咀嚼着鲜草，头也不抬

一个姿势被足足定格十多分钟

书斋很宽阔，容量很大

置身其间，幸福无比

当一部分人还在追求着

物质的富有，物质的享受

我却选择了精神的富有

内心的丰盈，心灵的宽广

对此，我感到很幸运

人生之路，何其多矣

能与书籍为伴，是今生至幸

我的书斋很宽阔，宽阔到

通过这个书斋，可以看到

世界的广阔，宇宙的浩渺

可以与古今中外的先贤达人

面对面，手拉手

近距离交流

他们都很优秀，博大精深

无比广阔，如同巨人的肩膀

让我们心安理得，扬眉吐气

书斋很宽阔，置身其间

是一种机会，是一种心境

是一次充电，是一次鼓劲

琳琅满目的书籍，让我领略到

世界的广阔，历史的厚重

我像一头牛，如饥似渴吃着草

把挤出的牛奶，端到书斋

顿觉书斋更有情趣

有了自身独有的味道

在一个不为人知的地方
悄悄落泪

在一个不为人知的地方

悄悄落泪

有好多天没有这样感动自己了

落泪是常态

不是不够坚强

我常常被脆弱的神经

所击倒，所晕眩

我是不是写诗歌这块料子

我不知道，我只知道

已经无路可走

诗歌，是我今生最后所爱

我用诗歌做屏障

挡住了我所有缺点弱点

在一个不为人不知的地方

悄悄落泪

不知道泪是流给谁

流给了诗歌

流给了梦中的她

流给了感动的自己

泪是甜的，泪是咸的

泪是酸的，泪是痛的

我一饮而尽

醉倒了自己

在一个不为人知的地方

悄悄落泪

流着幸福，流着回忆

流着奋斗，流着搏击

我喜欢这样的姿势

只有这样

生命才会永恒

语言的风格

语言是文体的外衣

思想是文体的内核

再美好的思想

也需要通过外衣来展示

思想与语言，紧密配合

相得益彰，才使我们看到了

好马配好鞍，精彩的篇章

语言的风格

并无绝对的好与不好

长句和短句

也是依据实际需要而论

某种程度上

语言的风格，是人修炼到

一定程度的综合反映

也是人的性格使然

什么样的性格

造就什么样的语言风格

语言的风格

是开门见山的第一步

是人的第一印象

无论你有多么丰厚的思想

都要通过语言

去装饰，来表达

语言，是心灵化身

语言，是个性使然

语言，甚至是性格的代言人

语言，仿佛是人的外衣

它的颜色，它的款式

它的布料，无不彰显着

它的个性，它的爱好

某种程度上

语言已经成为创作者

一张富有特色的名片

语言，没有绝对的好

也没有绝对的不好

语言，向来提倡

百花齐放，百家争鸣

只是个人欣赏不同

语言有境界，有高雅

有很深的提升空间

是一口富有的矿井

等待着我们

尽情采掘，永久提炼

孩子，你知道我有多疼你

孩子，你知道

我有多疼你

我在梦中

一直念叨着你

虽然，你并未出生

可我想你的心儿

却一刻也没有停止

你是我今生的依托

你是我生命的延续

孩子，虽然你并未出生

襁褓中的你，依然令我

魂牵梦萦，心驰神往

我从没有像现在这般

幸福过，甜蜜过，欢乐过

内心的喜悦激荡着我

昼夜难眠，无比兴奋

因为我就要做父亲了

孩子，你快要出生了

这是我去年

就酝酿过，要将你

作为我终生的依托

自从有了与你结为今生的

血脉，我就一刻也没有

停止过，对你的向往

孩子，你是我的全部

我把整个身心都毫无保留

地交给你，托付你

你是我的主心骨，你是我

精神的制高点，你是我

生命的魂，你引导着我

今生无怨无悔，勇敢向前

孩子，为了你的孕育诞生

我改变了生活方式，兴趣爱好

你占据了我生活中的全部

除了你，再也没有其他任何

爱好，能将你从我心中拔掉

你和我已经紧紧连为一体

也许我们俩是前世的魂绕

孩子，为了你的孕育成功

为了你能顺利出生

我谢绝了所有的应酬

杜绝了所有的无效交往

把全部的时间精力，甚或

是生命，都放在了你身上

都是为了换取你

平安诞生，甜蜜成长

孩子，你即将出生

我送你什么好呢

我准备好了真诚，善良

无私，奉献，勇敢，坚毅

也许给你说这些还早

但我还是想将这些人生

的美德，早日植入你的胸膛

融进你的血脉，让它与你

生命相依，快乐成长

孩子，虽然你还没出生

但自从有了要孕育你的想法

要分娩你的希望

我就浑身有使不完的干劲

用不完的力量

起早贪黑，昼伏夜战

苦思冥想，绞尽脑汁

搜索枯肠，咬文嚼字

看似枯燥，寂寞，孤独

却常常让我

泪湿沾巾，灵感迸发

孩子，你知道我有多疼你

我愿意用我的生命，换取

你茁壮成长，让你幸福

让你快乐，让你无忧无虑

让你平安健康

你的每一个进步

你的每一个成长

都是我今生的骄傲和荣光

我的内心在翻江倒海

因为我即将看到你的模样

你一定不会太难看，你也可能

会很善良，你可能不是最美

但你在我的心里，就是

世界上最美最亮的花朵

孩子，请原谅我对你

过分地疼爱，这是我第一次

做父亲，我激动的心

伴随着我的身体猛烈狂跳

平生第一次做父亲

我很幸福，我很甜蜜

也许谁也不曾知晓

这是我多年

望眼欲穿的最大心愿

我不知道，我是否会是

一个称职的父亲

但我愿把我全部的情

全部的爱，毫无保留

给予我孕育已久，还未曾

见面的血脉骨肉

孩子，能和你做朋友

是我的幸福，是我的骄傲

这是今生的缘分

缘分到了，想躲都躲不掉

既然这么有缘，又何苦不

随缘永远，将生命的过程

能与有缘的你相依相伴

让我今生感到永远无憾

孩子，既然下定决心

要把你孕育成功

让你快乐成长，我就

有责任，有义务，有担当

让你为有我这样一个好朋友

好父亲，而感到自豪和骄傲

我成就了你，你是我的荣耀

你让我看到了黎明前的曙光

耀眼的火焰，未来的希望

孩子，我将认真陪伴你

快乐成长，今生你是我

唯一的希望，自从有了你

我就决心与你相依为命

共诉衷肠，人生的路既已

迈步向前，就要为神圣的选择

勇敢买单，无论前面是

悬崖峭壁，万丈深渊

都要与你共渡难关，永生相伴

孩子，你千万要记住

你的孕育，你的出生

你的成长，都离不开所有

亲人朋友，叔叔阿姨，爷爷奶奶

的无尽期望，大力相帮

他们是你我今生结缘，携手向前

的恩人贵人，我们应永远

心怀感恩，心存感动

让我辛勤地耕耘，勇敢地付出

让你茁壮成长，巨大的进步

来回报所有亲人朋友的慷慨相帮

第三辑

祖国啊，

我要为你

写诗

劳动者之歌

走在大街小巷

时常会看到

一位位劳动者

与我们擦肩而过

与我们一同起舞

祖祖辈辈的劳动者

是人类文明的传承

我们都是劳动者

生活在劳动者中间

劳动把我们打扮得很美丽

劳动让我们心灵更健康

歌颂劳动者，就是在

歌颂自我，歌颂每一位

热爱劳动的人，劳动

让社会像长了一双翅膀

稳健有力，快速向前

劳动者啊，值得骄傲

祖祖辈辈在这片土地上

日复一日，年复一年

倾其一生，都在大地上

书写着，这张世世代代

永久都难以书写尽的答卷

把心中最美的歌

唱给劳动者，让劳动起舞

让劳动飘荡，让劳动闪耀光环

劳动，让人间美若仙境

劳动，让人们大爱无边

歌颂劳动者，就是在歌颂

我们自己，我们是劳动者一员

我们是劳动大军，热爱劳动

永久劳动，像牛一样勤勉卖力

把汗水洒向大地，默默无言

劳动者，最值得歌颂，各行各业

众多的劳动者，让社会有序运转

劳动者把最好的答卷，交给社会

交给历史，让社会评判，让历史

检阅，劳动者的桂冠，永远

属于普天之下的广大人民，劳动

让人类历史滚滚向前，蓬勃发展

祖国啊，我要为你写诗

可亲可敬的祖国

在这万籁俱寂的夜晚

人们早已熟睡在梦中

我脚踩着大地

头顶着星空

发自内心向您倾诉

把您赞美，把您歌唱

此时的我，只想用繁星

点缀您的美丽，您的婀娜

只想用笨拙的笔墨

讴歌我对您深深的情

虽然我才疏学浅

也没有多么高深的水平

但我所写的每一行字

每一个标点，每一个音符

都是我内心久久的激荡

都是我情感的波涛海浪

我很庆幸，能用最美的诗歌

歌颂我朝夕相处的祖国

能用满腔情怀，赞美我

昼思夜想可亲可敬的祖国

祖国啊，您是我们的根

是我们的魂，是我们的向往

是我们的追求，是我们的生命

我为我可爱的祖国而熊熊燃烧

我为我可爱的祖国而如痴如醉

啊，我深深地爱着我的祖国

没有祖国的天空

哪有我们的容身之地

没有祖国的大地

我们犹如漂浮的红菱

悬着的心，怎么也落不向大地

爱祖国，是我们的责任

是我们的良知，是我们的信仰

啊，我深深地爱着我的祖国

永远地爱着，任凭海枯石烂

任凭狂风怒吼，任凭孤夜独行

都无法改变我对祖国

执着的爱，万般的情

爱祖国，让我灵魂崇高

爱祖国，让我神清气爽

爱祖国，让我全身充满力量

爱祖国，让我永远斗志昂扬

爱祖国，就要像炉中煤那样

即使自己被燃烧得火红火红

也要把自身所有热量，奉献给

伟大的母亲，勤劳的母亲

也要用自身全部的火光

点亮祖国每一个清晨

照亮母亲每一个黄昏

鱼水情深

鱼让水充满生命活力

水让鱼感到幸福无比

鱼水情深，感动着大地

感动着天空，感动着四季

鱼水情深，让拥军的乐章

奏响四方，歌声嘹亮

鱼水情深，让爱民的传统

扎根心中，永远飘荡

民拥军，军爱民

军民团结一家亲

军队打胜仗，人民是靠山

人民有困难，军队到眼前

战争年代，一幅幅

拥军支前的画面，闪耀光彩

一条条铁的纪律

把爱民的旗帜镌刻心中

竖在山巅

人民是军队的摇篮

军队是人民的靠山

人民把军队，视若珍宝

一直留存心中日夜想念

军队把人民，看作恩人

总也报答不尽亲人的关心

鱼水深情，鱼水恩情

怎可随意品评，牢不可破

固若金汤，万世流芳

在人民的怀里

子弟兵永远幸福无比

有钢铁长城的守卫

每一个夜晚都那样祥和静谧

每一个早晨都那样充满活力

我们永远难忘记

在敌人威逼利诱面前

人民群众，宁死不屈

也决不出卖革命同志

我们永远难忘记

淮海战役巨大胜利的背后

是多少车轮滚滚的空前团结

是多少车轮滚滚的鱼水情深

我们永远难忘记

人民军队的每一位英勇士兵

哪一位不是在鱼水里浸泡长大

哪一位不是在临行前牢记着

父母的殷殷嘱托，披挂上阵

人民群众的汪洋大海

一直不断孕育着，充满

勃勃生机的革命后备军

时时等待着祖国挑选

人民军队的威武之师

一直牢记着人民的嘱托

时刻守卫着人民的安危

永远铭记着军魂和宗旨

雷锋的赞歌

学习雷锋好榜样

忠于革命忠于党

爱憎分明不忘本

立场坚定斗志强

每当唱起这首歌

我热血澎湃

虽然时隔多年

犹在昨天

这首雷锋赞歌

让亿万人民耳熟能详

陪伴着我们茁壮成长

让我们度过快乐时光

唱着雷锋赞歌

我的心情格外欢畅

听着雷锋故事

我的心里特别明亮

雷锋精神似前进号角

把争做好人好事的春风

吹遍祖国大江南北

吹进亿万人民心中

雷锋精神散发万道光芒

红领巾的身影随处飘荡

拾金不昧的品德让人赞扬

救死扶伤的举动令人难忘

困难面前好心人勇敢相助

危急关头有一双有力大手

颓废迷茫时为你化解忧愁

情绪低落时为你鼓劲加油

雷锋精神哟

我该怎样把你歌唱

你是时代的巨大财富

你是人民的精神力量

你让社会的清泉透明光亮

你让正义的利剑闪闪发光

你让善良的笑容真诚绽放

你让祖国的天空清澈明朗

我要热情歌唱雷锋

让雷锋精神永远飘荡心中

我要热情赞美雷锋

让雷锋精神世世代代传颂

致敬袁隆平

从网络上惊闻

袁隆平院士

驾鹤西去，与世长辞

怎么也不敢相信

这是真的

幸好有人辟谣

说这是假的

悬着的心好受许多

接着再看，细看

各个网络上铺天盖地

各个群之间竞相悼念

我这才相信

原来袁老真的去世了

难以置信，难以接受

滚烫的热泪

盈满眼眶

最终还是无法抑制

内心的悲伤

悄然滚落在

模糊的手机屏幕上

人们对袁老的逝世

流下了悲伤的泪水

流下了感恩的泪水

流下了敬仰的泪水

流下了亲人般的泪水

不是哪个人的逝世

都会让人们悄然落泪

不是哪个人的千古

都会让人们黯然神伤

因为袁老让人民敬仰

因为袁老让人民爱戴

因为袁老心里一直

盛满着人民的疾苦

因为袁老心里始终

牵挂着群众的忧伤

杂交水稻之父

中国工程院院士

"共和国勋章"获得者

这些都是看得见的荣誉

看不见的荣誉全部

装在了人民感恩的心里

装在了永久珍藏的记忆里

人们这样缅怀袁老

人们自发上街悼念

人们自发成群结队

随着袁老灵车一路奔跑

人们心怀悲痛

人们喊出袁爷爷

一路走好，一路走好

都想再多看一眼袁爷爷

是什么力量

让群众如此敬仰

是什么精神

让人民这样爱戴

是什么思念

让亲人痛彻心扉

是袁老一心

都在想着奉献人民

是袁老一心

都在想着报效国家

是袁老一生

都信守清贫朴素淡雅

恩人的去世

怎能不让群众

奔走哀号，泪雨纷纷

感人的场面

一浪高过一浪

留下的是遗憾

送走的是思念

到现在我才明白

活在人民心中

才是真正的天地英雄

到现在我才明白

胸中有大爱

才会令世人永远敬仰

是的，袁老把自己一生

种在了朝夕相处的庄稼地里

种在了人们端起的饭碗里

种在了人们幸福的笑颜里

您把人民的疾苦记在心里

人民把您的丰碑万世长存

您把一生都奉献给了人类

丰功伟绩山河都永远铭记

红线不可逾越

每当路过交通十字路口

总会遇到红灯停，绿灯行

让我想起人生的红绿灯

人生的红线何其多

红线就是人生的底线

破了红线，破了底线

试试看，到底哪个更厉害

红线不可逾越

是善意的提醒，是耐心的嘱咐

切不可把这些苦口婆心的

谆谆告诫，当成耳旁风

一旦不听劝告，触碰到红线

逾越了底线，等到的只能是

惨痛的教训，悲惨的哀愁

红线不可逾越

应该成为日常学习工作生活的

警世钟，长明灯，别人的痛悔

应该成为我们的一面镜子

别人的失足，应该让我们从中

受到深深的警醒和感悟

如果不就此悬崖勒马

引以为戒，下一个摔下去的

又会是谁呢，难道不值得

我们深深思考和深切领悟吗

良药苦口利于病，忠言逆耳

利于行，好听的话，谁都会说

但对于已经生病的人

用处不大，真正让你脸红心跳的

言语，也许当时很难听，可能

无法忍受，但当你度过了

最危险的暗礁，平平安安享受着

幸福美好和甜蜜时光时，你会

彻底接受当年给你铮铮提醒的

益友，你会很庆幸，是提醒

让你躲过了人生一个又一个暗礁

红线不可逾越，人生会面临

很多诱惑，处处都是人生的考场

稍有不慎，就会掉入万劫不复的

泥潭和旋涡，人生只此一遭

命运不会重来，红线的试验

做不起，永远也做不起，无数

铁的事实，无数次证明，谁胆敢

逾越红线，冲破底线，谁就会

输得很惨，败个精光

红线不可逾越，红线是我们

最后一道屏障，因为红线的背后

是地雷阵，是一个有去无回的

万劫不复，只有在任何时候

守住道德的底线，坚守良心的

防线，才能让我们永保平安

才能让我们其乐融融，好梦连连

才能在天高云淡的蓝天下，享受

自由的快乐，放飞理想的光芒

雷锋精神传万代

二十世纪六十年代

一个响亮的名字

家喻户晓，妇孺皆知

他被冠以

助人为乐的代名词

他被亿万人民所歌唱

他的名字

铭刻我们的脑际

他的事迹

我们耳熟能详

他是时代的呼唤

他是社会的需要

他把助人为乐

作为毕生的追求

他把无私奉献

书写在平凡岗位

他
默默无闻，勤勤恳恳
他
任劳任怨，始终如一
就算是一颗
小小的螺丝钉
也要为人民需要而生
就算是一只
并不起眼的萤火虫
也要用自身的亮光
温暖身边每一位亲人

他，就是我们
永远歌唱的雷锋同志
他，就是我们
永远传承的雷锋精神

社会是一个大家庭
互相关爱

如一缕和煦春风

吹拂着人们的心田

互帮互助

如一汪清澈的泉水

浸润着人们的心田

只要人人都献出一点爱

我们的社会

就会永远充满温暖

甘孜，我来了

甘孜，我要来了

昨天已签了婚约

我把生命中的两年

交给了你，交给了大山

交给了勤劳纯朴的人民

交给了蓝天白云下的牧场

甘孜，我要来了

带着激情，带着干劲，带着决心

带着勇气，带着智慧，带着热情

我要和当地乡亲融为一体

虚心向你们学习，丰满我

稚嫩的翅膀，用我所学

报答感恩在一起的父老乡亲

去年今日，悄然来访

颠簸了十多个小时，终于

要到了，沿途一路美景

好像都换上了新装

与我打着招呼，热情把我相迎

树上的小鸟，叽叽喳喳

叫个不停，垂柳婆娑着大地

用轻轻的摇摆，含蓄地微笑着

山川河流，路旁的格桑花

让我领略了你美不胜收的容颜

自从那一眼，你已深深

定格在我心里，再也挪不动

也许我们有缘

很快就要来到了，陪你们

度过每一个晨曦和夜晚

陪你们，度过每一个日升日落

亲爱的甘孜大地，我已成为

咱们大家庭中的一员，我是来

建设美好大地的，我是来

热爱山川白云的，我一无所有

心中装满了对未来的期盼

盛满了对工作学习的不懈热情

两年后的今天，我能自豪地

说一句，是甘孜成就了我

满心欢喜把甘孜永驻心间

孩子，快回家吧

孩子，该回家了

家，永远是你回来的方向

家，永远是你期盼的眼光

家，永远是你温馨的港湾

家，永远是你内心的牵挂

家，永远是你诞生的地方

在你离开家的这段日子里

母亲时时把你挂念

儿行千里母担忧

担心着你在外吃得好不好

穿得暖不暖，安全不安全

在你外出的这段日子里

家里一切发展都很好

全家人都很和睦，团结向上

各项政策，大快人心

有条不紊，井然有序

心往一处想，劲往一处使

呈现出欣欣向荣的美好局面

邻里和谐，彼此尊重

在全村人的印象中

竖起了标杆，当好了旗手

有口皆碑，深受称赞

既然都在一起，相处融洽

就要维护好基本生活秩序

主动担当起蓝天白云的道义

孩子，快回家吧

无论当初因什么原因出走

无论当初有万千误会

无论当初多么任性骄纵

快回来吧，母亲永远等着你

这里永远是你最终的归宿

孩子，快回家吧

血浓于水的骨肉，怎可分离

同根同源的情义，怎可舍断

家，永远敞开胸怀，把你接纳

家，永远信心满满，让你笑颜

为了能让你早日回到家

家，永远信念坚定，执着勇敢

等你回到家的那一天

全家人都会

为你鞭炮齐鸣，锣鼓擂动

全家人都会

为你热血沸腾，万分激动

全家人都会

为你接风洗尘，泪光闪闪

全家人都会

为你扬眉吐气，豪情满天

甘孜恋歌

甘孜

罗布林广场的月亮

欢快的人们，翩翩起舞

用幸福酿造的好心情

飞向藏族儿女的心窝

青稞美酒和哈达

代表着浓浓情意

送给亲人，送给

远方的好朋友

踏着甘孜深情的土地

阵阵暖流，将我包裹

将我淹没，转经台的旋转

让村民的心，连成一片

转成一圈，土豆的喷香

一口一口，醉了我的心

舒软了我的腰身

圆圆的豌豆，轻轻抚摸

犹如一粒粒圆润可爱的玛瑙

爱不释手，镶嵌在了手心

默不作声的牦牛，星罗棋布

让乡村田野风光，美不胜收

尽收眼底，一匹匹健硕的骏马

在乡间小道，在牧场田野

等待飞奔，等待跳跃

甘孜的花鸟鱼虫，嬉戏打闹

甘孜的土肥地美，硕果累累

甘孜的妇幼老少，其乐融融

甘孜的山美，水美，人更美

好一幅开心祥和的画卷

置身其中，宛如仙境般梦幻

再也走不出阖家幸福的团圆

再也迈不出离别家园的乡愁

啊，可亲可敬的一家人

香喷喷的酥油茶

你一口，我一口

抿着嘴笑，心头乐开了花

民族团结，让我们的心

像石榴籽一样

紧紧地包裹融合在一起

富民政策，让我们携手

一同迈向幸福美好的明天

舞出对生活的热爱

命运的跌宕起伏

乡村振兴的使命

让我来到了甘孜县

每到夜晚，位于市中心的

罗布林广场，无论男女老幼

都会里三层外三层

在热情似火的舞曲中

洗去一天的疲劳

尽情地载歌载舞

仿佛一天的忧愁苦闷

都会随着欢快的乐曲

随风飘荡，烟消云散

也许他们压根就没有

忧愁苦闷，或者说

即便有，也很难看出

每天晚上的罗布林广场

形成两座大小不同的舞池

他们翩翩起舞，手舞足蹈

好不开心，何等快活

快乐是会传染的

虽然我置身外围

和众多群众

一起观看他们载歌载舞

这么近距离的感染

心儿早已飞向了他们中间

和他们一起跳着

舞着，说着，唱着

我可爱的藏族群众

我是来这儿帮扶的

我是来和大家一起

手拉手，心贴心

共同建设我们美好家园的

你们把快乐传染给了我

这是你们给我最深情的礼物

我发自内心感谢高原人民

以这种载歌载舞的方式

让我瞬间同化为

和谐幸福大家庭中的一员

从这欢快的舞曲中

从这婀娜多姿的曼妙中

我怎会无动于衷

分明从中吮吸到了

父老乡亲对生活的无比热爱

个个喜笑颜开，动作轻盈

仿佛俊男靓女在广阔草原上

忘情地奔跑着，跳跃着

如果说生命的内核

是健康和快乐，现在的你们

正用美妙多姿的舞曲

诠释着这一生命的大主题

健康让生命绽放出最亮的光

快乐让生命之光更加

璀璨夺目，光彩照人

亲爱的父老乡亲们

大家尽情地舞吧，跳吧

让欢乐在载歌载舞中

洋溢在脸庞，生长在心间

让欢乐之花，盛开在

每一个人的心窝，青春永驻

让这里的和谐幸福之花

像一道闪电，传遍祖国的

大江南北，大街小巷

生根发芽，缀满串串甜美

面对进步

自从进入组织

加入集体

我们就与进步

结下了难舍难分的机缘

面对进步

我投以羡慕的眼神

进步的光环

一直都很耀眼

面对进步

我投以渴望的眼光

别人走在了前面

成为学习的榜样

我心悦诚服，努力追上

面对进步

我有一个平和的心态

进步就面临着竞争选拔

能做的就是以最佳的

竞技状态，接受挑战

等待挑选，究竟花落谁家

相信组织自有公正评判

面对进步

那是组织带来的温暖

无论成功与否

都会心怀感恩，尽职尽责

把今天的工作做得

比昨天更好，标准更高

面对进步

是对工作的考察评比

更是对思想道德的

综合考量，全面评估

考验的是心智

更蕴含着情操修养的较量

面对进步

让我有了更多感悟

无论进步与否

都不会影响

我对社会的默默奉献

我对理想的执着追求

我对真善美的无比渴望

我对人间真情的感恩感动

进步了，值得祝贺

值得恭喜，天遂人愿

心中的目标升华为现实

人逢喜事精神爽

快马加鞭马蹄疾

没有进步，也不要悲伤

想开了，就一通百通

人生的机会还多

也许人家确实比自己更优秀

多看看别人的长处

把自己的短处放大看

也许无端的忧伤

都是在作茧自缚，故步自封

有形的进步

我们在努力，我们在争取

无形的进步

这样的考卷，这样的测试

无处不在，无时不有

当我们把进步看开了

学会了谦让，学会了换位

这样才是真正的进步

这样才是最大的收获

我爱甘孜

在欢快热闹的罗布林广场

我述说着对甘孜的无比热爱

我爱甘孜，因为我已是这里一员

我饮用着这里甘甜的水

我呼吸着这里纯净的空气

这里的山美，水美，人更美

我搜索枯肠，实在找不到

不喜欢这里的理由和借口

这里的人们载歌载舞

用优美的舞蹈，用动听的旋律

抒发着对新生活的无比热爱

我爱甘孜，我要深入到

每一位阿爸阿妈家里

问一问他们的身体状况

问一问他们有什么实际困难

也许我的能力水平很有限

但我不能让内心欠缺

阿爸阿妈对我的一片殷殷深情

我怎能不热爱甘孜

我要在这里摸爬滚打两年

不对，也许很长，心

却永远生长在了这里

我要把一颗善良的心

融入到村里父老乡亲中间

爱就要爱到内心，不允许

任何掺假和不真诚

我爱甘孜，爱着这里的

青稞豌豆土豆，它们是

老百姓的美味佳肴

我爱甘孜，爱着这里的

牦牛奶与牛马，它们是

寻常百姓的富强希望之灯

我爱甘孜，爱甘孜的山山水水

爱甘孜的风土人情，连同路边的

柳树白杨，以及田野山间

盛开着大大小小五颜六色的

格桑花，都让我俯下身去

亲吻着花的芬芳，花的甘甜

我爱甘孜，更爱这里的人们

藏族儿女，勤劳善良

纯朴厚道，一双双手似园丁

把百花园修剪得齐齐整整

井然有序，似人间天堂

生活在如诗如画的梦幻中

我似一只彩色的蝴蝶

吮吸着甜蜜芳香，迷失了归途

我欠路遥一个拜访

本打算这次特意拜访

让我永远心怀敬仰的

恩师路遥先生

都因时间较紧未能成行

这是一种折磨

一种良心的谴责

一切的借口

都显得极为苍白无力

我在扪心自问

何时变得这么世故

何时变得这么圆滑

连自己最最敬爱的恩师

都可以这样昧着良心

堂而皇之，敷衍过去

居然没有脸红心跳

我不能原谅自己的无知鲁莽

不知路遥老先生在天之灵

可否原谅我的大不敬

如果以您宽广胸怀能够谅解

今生欠您一个拜访

真心实意心悦诚服的拜访

虚心学习接受教育的拜访

虽然我从未与路遥先生谋面

这个亏欠我将永远牢记

也许这次没去，没有成行

将让我更加时时刻刻把您想起

拜访您，犹如拜访我尊敬的

导师，我思念的故人

虽然您与我非亲非故

但我想把您放在我心最里头

哪个人又能拦得住，缚得拢

对路遥先生的尊重

最早源于对先生力作《人生》的

了解和认识，剧中人物高加林

刘巧珍，是这部剧作的主人公

在八十年代中期影响深远

引发的反响，空前的震动

在当时整个文坛名声四起

这部小说是先生当时顶峰之作

您并没有满足，并没有止步不前

并没有被成功胜利的桂冠和喜悦

冲昏了头脑，忘记了初心

忘记了赶路，简单休整过后

您又开始向更高的目标迈进

更远的目标前行，您都从未声张

您总是这样低调做人

一部伟大作品横空出世

您把这一切看作理所当然

看作不值一提，很快就用冷静

淹没了傲人的辉煌，用沉默

把爆炸声压到最小

我敬仰您，缘于您的人品

人品就是一部作品的灵魂

什么样的人孕育什么样的奇迹

什么样的人格成就什么样的伟大

一个人心悦诚服，佩服让他

崇敬的人，最先让他佩服敬仰的

莫过于，比作品更光芒四射的

伟大人格，伟大人品

有了伟大优秀的人格人品

横空出世的伟岸之作只是迟早

让我永远敬仰的路遥先生

今天斗胆拿起笔来赞美您歌颂您

也许我才疏学浅，不配赞美您

也许我狂妄自大，不知天高地厚

但我抑制不住内心的狂热

我更按捺不住，呼之欲出狂跳不已

一颗不安分的心，不写出来

我会很窒息，很难受

只有一吐为快，方解心中千愁

我欠先生一个拜访，十个拜访

甚至一千一万个拜访

拜访只是个形式，谁又能说

形式不重要呢，但比形式更重要的

永远是真诚无私的内心

心诚则灵，心诚更能获得感应

在您的人生历程中

奋斗，吃苦，思索，劳动

贯穿着您的日常生活

充实着您的全部人生

您好像生来就是为奉献而来

就像一个永不熄灭的蜡烛

不顾一切熊熊燃烧，把耀眼的

光亮火花给了人间，自己却全然

感知不出这是一种伟大的平凡

这就是让我永远为之敬仰的

路遥先生，路遥恩师，从未谋面的

恩师，无论您承认与否，我都把您

永远视若我为之终生敬仰的恩师

恩师也有累的时候，只是他像一只

高速旋转的陀螺，他被目标引爆

他被信仰燃烧，他被崇高的追求

提前累坏了永远坚强、永远不屈

不挠的腰。累倒在了不知疲倦、

不知辛苦、熬更守夜、连续战斗的

残酷战场，早晨的太阳从中午燃烧

说到路遥先生，最让人难忘的

还是他那部盖世伟业之作——

《平凡的世界》，这部作品

让先生把全部生命融入其中

看到这部作品的主人公，也许就是

永远让我们为之敬仰的路遥先生的原型

主人公有多优秀，路遥先生就有

多么了不起，他已经和作品

融为一体，无法分割

从没有一部作品，还未彻底完工

就让媒体等米下锅

每天像个催生婆似的，索要着

别人无法创造独一无二的杰作

这在当下绝无仅有，几乎再也

不太可能，无法复制，永难超越

这部伟大作品的成功，是上天的

恩赐，是汗水的收获，是心血酿成

是血管里流出来的泪和情

是夜深人静和作品人物的扭扯厮打

是把自己身家性命都搭上去的

最后一搏，是肩负的使命

让内心无法偷懒，是良心的驱使

让整个身心都为之震颤

可以肯定地说，这部作品

让路遥先生问鼎文坛最高奖

茅盾文学奖，这是实至名归

这是水到渠成，这是众望所归

这是苦尽甘来，这是良心累积

这是像牛一样周而复始艰苦劳动

这是像牛一般默默无闻无私奉献

也许可以说，这部作品

让路遥先生走上了一条崇高的道路

他一直对他的选择忠诚永恒

他一直对他的作品视若生命

不是他不想休息，高速旋转的

陀螺一旦停止，生命和精神

就会永远在太空里成为永恒

他的英年早逝，他的魂魄归天

都让我们深感无比遗憾

虽然从未谋面，却让我们的情谊

思念到永远，内心充满了强烈不满

和深深埋怨，无论有千条万条

理由，都要给尊贵的生命让路

可您却选择了生命给作品让路

平凡给伟大让路，让平凡的世界

绽放出奇异光彩，让平凡的世界

演绎着人间真善美的旷世豪情

无论怎么说，我都深深欠着先生

今生的拜访，我想一定会有时间

但我不想急于拜访，我想让这种

遗憾深深植根于我的心田，深深

扎根于我的脑际，我不想把拜访

当作任务完成，更不想把拜访

当作了却心愿，如果真敢这样去想

就是对恩师的大逆不道，内心不敬

真正的情谊无法用文字篇幅

衡量，标定

路遥先生是一座无法逾越的大山

让我肃然起敬，让我高山仰止

这座大山也许你可以超越它

形式上的高度，水平上的造诣

但你永远无法超越它

精神上的伟大，人格上的壮美

怎可无动于衷

沿途美景，美不胜收

总感觉来得太晚

总认为来得太迟

我怀着激荡的心情

把所有美景尽收眼底

是那样忘乎所以

是那样贪得无厌

美好景色，总会勾起

对往昔所有美好的回忆

总是有些手忙脚乱

手跟不上心的飞翔

似乎这一切，都为我一个人

量身定做，都为我一个人

全部拥有，我感觉

无比幸福，无比激动

景色这般迷人

能不为之激动，能不神情荡漾

车轮在飞速向前

把沿途美景毫不犹豫地

抛置脑后，这是对美的践踏

这是对美的懈怠

可它却全然不顾

美丽的景色，沿途让我们

看个够，有溪流陪伴

河水波光粼粼，映射着

醉人笑脸，大树小树

各不相让，把优美身段

毫无保留地呈现在我们面前

成片成片的菜地

那是庄稼人勤劳的杰作

那一排排，一行行庄稼

犹如持枪站岗的哨兵

等待着我们检阅

还有那农人在田园

忙碌奔波的身影，勾勒出一幅幅

呼之欲出，活脱脱的山水画

这般绝美的景色，怎可让人

无动于衷，人在画中游

山水共长天一色，最美的画卷

为劳动人民创造，最美的景色

浸染着勤劳的芳香

劳动创造着美，勤劳让自然

美景尽收眼底，面对这

如诗如画的美景，我怎可

无动于衷，我怎能不热血沸腾

心里话儿向谁说

人生在世，哪能没有几个

要好的朋友，朋友是力量

是倾诉的对象，人总有想说的话

心中总有想表的情

心里话，说给谁呢

心里话，可以说给朋友

说给父母，说给兄弟姐妹

说给同事和知心朋友

能找到说心里话的朋友

就是你值得信赖的朋友

有朋友值得信赖，是一件

幸福的事，温暖的事

有值得倾诉的朋友，从此

不再孤独，不再寒冷

人是有情感的，情感需要

定期清理，及时宣泄

不然水满则溢，心中的情感

每一个人都会有一个宣泄口

我的情感又宣泄给谁呢

自从与写作结缘，与诗歌为伴

我就把满腔的情和意，心中的

爱和恋，倾诉给诗歌这位挚友

几乎和盘托出，毫无保留

既然信任，何必隐藏，天气的

寒冷，并不算什么，最寒冷的

往往是世界之大，居然没有我们

值得倾诉的对象，情感的碰撞

自从与诗歌结缘，我把生活中

要说的话，全倾注在了它里面

它就像一个包罗万象的大库房

没有你容不下的，只有你

不想说的，既然你这么慷慨大方

不妨让我一次说个够，说它个

地老天荒

每次宣泄，都让我大汗淋漓

心情舒畅，每次喷发，都饱含

激情，充斥着燃情，像个火药桶

像个炸药包，让诗歌库房的容忍

得到极大盛放，是这样地广

人稀，是这样宽广无边，仿佛

把一百年的话全部倾诉，也不及

它容量的千分之一，万分之一

那就好吧，既然你这样宽广无边

既然你这么慷慨大方，我们就

永续情缘，让心里话

畅快淋漓，让心中情一泻汪洋

还有什么不能说的，还有什么

不能诉的，这就是你的出气筒

这就是你任性撒娇的孩子气

有福同享，有难同当

是我俩永远心照不宣的约定

为知心的话找到了归宿，找到了

婆家，能把知心话通过这位知心

朋友，传递给大家

是我的心愿，是我的情意

是我的初心，是我的梦想

通过知心朋友嫁接传递，此时的你

也成为我值得倾诉托付的朋友

心里话，说给你，说给我

说给他，说给我们共同的家

第四辑

我为

父老乡亲

演奏

风是家乡亲

走在家乡的土地上

连吹着的风

都带着清香味

不信你来闻闻

也许你不信

也许你闻不出

那是因为你的心

没有生长在这里

那是因为你的情

没有在这里生根发芽

家乡的风，是带着

清香味的，如不信

你可以仔细闻闻

风还是当年的风

而人却不是当年的人

风依旧清新凉爽

而人却走向成熟

走向稳健，走向依恋

家乡的风，在我即将

起程时，让我感受到

一股前所未有的清香

这股风，吹到了我的心坎里

这股风，暖到了我的心窝里

这股风，带着留恋，带着不舍

我分明闻到了不舍的味道

不要这样不舍，好吗

我还会回来的，回来时

我带着满满的心意

带着努力，带着汗水

带着甘甜，带着喜悦

向家乡父老乡亲，兄弟姐妹

捧上我亲手酿造的甘甜

这是我的情意，这是我

多年来的心愿，这一天

一定到来，这一天

已为时不远

家乡的风，在我即将起程时

轻轻地吹着我难分难舍的思绪

我离不开家乡的风

我离不开家乡的情

我更离不开家乡的山山水水

一草一木，一砖一瓦

风，请你等着我，虽然

我的身离开家乡，但我的心

我的情，却永远在家乡的

土地上生根发芽，空中的大雁

会随时传来我对家乡的问候

我的心我的情，会随着天空的

云彩，慢慢地，一步一步

向家乡的方向，轻轻飘荡

轻轻靠拢，轻轻贴向你的脸

我们村口的月亮

今生真是有缘

在甘孜这个路口

与我们村口的月亮相遇

全世界不知有多少个月亮

唯独我们村口的月亮

格外圆，又大又亮

不远千里，从遥遥异乡

来到我帮扶村的路口

就是为了一睹今夜的月亮

好久没有这么静静地

看着迷人的月亮

月亮也在目不转睛地看着我

心灵相惜，心心相印

让我逮着了你，遇见了你

几百几千年的缘分

今夜就此相见，不知

何日能再来此，一睹你的芳容

你的脚会移动，我的心飘向你

家乡情怀

我在寂静的广场

诉说着对家乡的热爱

这里是我生长的地方

我在这里孕育诞生

我在这里生根发芽

我在这里成长壮大

我在这里心向远方

这里有着我小时的梦想

这里留下了我青春的倩影

这里有我的欢笑，有我的苦恼

有我的成熟，也有着我的青涩

我对这里的一草一木

有着别样情怀，别样留恋

我对这里的山山水水

总是顾盼生姿，流连忘返

是啊，来到了家乡

来到了故土，我怎么舍得离开

我怎么能随意离开

我真想伸开双臂

尽情拥抱这里的一切

这里的人，这里的水

这里的山，这里的景

家乡，让我的梦想疯狂生长

家乡，让我的动力与日俱增

家乡，让我有不竭的奋斗源泉

家乡，日夜催促着我勇敢向前

面对家乡，唯有不懈前行

我是笨鸟，要提早起飞

我是笨熊，也不能自卑

无论前方的路，多么泥泞

多么曲折，也要不断前行

因为我没有后退的权利

因为我已经别无选择，无路可走

其实这样，也挺好

无可选择，也许就是最好的选择

既然选择了远方，只顾努力向前

不学猴子的灵活任性

也不学狐狸的狡猾多变

而要像松柏那样，岿然不动

傲立四方，眼光炯炯有神

时刻紧盯着前方

夕照阳光将我涂抹

正值寒冬腊月

黄昏的夕阳

把身上所有的光芒

一股脑全部涂抹在我身上

我沐浴着阳光的温暖

在夕阳即将落幕的节点

我使出全身解数

企图阻止夕阳落下

夕阳睁大眼睛

一眼都不眨地看着我

把仅有的温暖给我

让我享受着无与伦比的美丽

是啊，美丽就沐浴在我身上

我岂能辜负夕阳的慷慨大方

我把夕阳披在肩上

夕阳几近落下帷幕

让我感受到时间的快捷和彷徨

时间在一刻不停，走呀走

我们疾驰飞奔，再快的脚步

仍然落在了夕阳的后头

谁又能说夕阳残忍

是夕阳给了我们大度

而我们却在一旁昏昏欲睡

夕阳是美丽的，闪着金色光芒

再美丽的夕阳

都会有落下的那一刻

那一刻，让我留恋

让我觉得一切意犹未尽

可是那一刻还是实实在在来了

不由分说，毫无商量余地

任凭感情波涛汹涌

它依然还是落下了

夕阳西下，让我看到了人生易逝

让我触摸到了时间无情

人无千日好，花无百日红

纵然烈日当头，终有落幕时

起起落落，浮浮沉沉

大自然一切总是周而复始

总是循环往复，变化的是时间

变化的是内心，更是随自然光芒

不断变深变多，额头的皱纹

下雪了，下雪了

等待了整整一个冬天

你现在才缓缓而来

我甜蜜娇喘着

向你发泄牢骚，满腹委屈

你自洋洋洒洒，飘落人间

丝毫没有顾及我的感受

下雪了，下雪了

天空在飘扬着幸福

空中在飞舞着甜蜜

张开双臂，抬头仰望

总想让雪花

在额头轻轻停留

总想让雪花

在眼前轻轻飞舞

热爱着大自然的每一天

生活是如此甘甜

纷纷扬扬的雪花

把路人陪伴

让幸福甜蜜飘向天空

让晶莹剔透永驻人间

大自然是如此美妙

我微闭双眼，沉醉在

雪花飞舞的童话世界里

雪花洒落一身

我似一位盛满洁白的

凯旋者，收获满满

啊，生活永远这么美好

朋友，请睁大你的双眼

把大自然的美丽芬芳

永远定格在我们的心房

我为父老乡亲演奏

我多么想成为一名小提琴手

为家乡父老乡亲演奏

最美妙最动人的乐曲

我多么想成为一名吹鼓手

用最优美最欢快的乐曲

为家乡父老乡亲登台献艺

家乡，永远是我难忘的根

我怎能忘记家乡的山山水水

我怎能忘却家乡的一草一木

想为家乡父老乡亲演奏

是我无上的荣光和自豪

这是我心中美好的祝福

这是我心中美味的盛宴

想为家乡亲人演奏

是想把我的满腔情意

给家乡长辈展演汇报

永远忘不了小时候的

叔叔阿姨，哥哥姐姐

永远忘不了村中的爷爷奶奶

和一同玩耍一起长大的发小

家乡，永远是我的根

无论它贫穷，富裕

都永远让我难以忘怀

难忘故乡的山山水水

更难忘故乡的清澈蓝天

我想为家乡父老乡亲演奏

总想着如何能更好报答村中

于我有恩的所有亲人

我想为家乡父老乡亲演奏

这是我发自内心的真实想法

我从不想在父老乡亲面前显摆

在他们面前，我永远是个小孩

回想起小时候，沐浴着他们的

阳光成长，昨日的时光，依然

记忆犹新，浮现眼前，终生难忘

我无数遍说过，想为家乡

父老乡亲演奏，只为报恩

我要把我最拿手的乐曲

以最美的姿态，最高的技艺

为家乡父老乡亲献艺

看着他们为我的乐曲

而沉醉，而高兴，而快乐

我更加起劲，更加激动

就这样一直演奏下去

哪怕累得我筋疲力尽

我的心中也时时香甜无比

我亲爱的父老乡亲

无论走到哪里，都没有忘记

家乡的亲人，家乡的记忆

家乡的温暖，家乡的味道

我好想痛痛快快，淋漓尽致

为家乡父老乡亲尽情演奏

从现在开始，我就要好好学艺

我不能在家乡亲人面前丢脸

我要为家乡亲人带来幸福欢笑

我为家乡父老乡亲演奏

相信会有这一天的

这是我的期望，这是我的追求

这是我内心悄悄的承诺

当这一天到来时

我一定要精心打扮

以饱满的精神状态

为家乡父老乡亲演奏

演奏岁月难忘，演奏家乡亲情

演奏生活美好，演奏盛世华章

怀念从前

怀念从前

是因为以前快乐的时光

常常让我们终生难忘

想起以往的人

忆起过往的事

都经常让我们心存美好

感念逝去的时光

怀念从前

并没有让我们止步不前

并没有让我们原地踏步

相反，让我们更加珍惜

现如今的每一天

从前的时光

是那样无忧无虑

是那样纯洁善良

在世事的打磨中

让我们历经风雨

更加成熟，更加刚强

怀念从前

从前的时光，再也难以换回

今天是昨天的延续

明天是今天的伸展

每天都在把人生描绘

没有一天，不在抒写着

新的一个又一个从前

怀念从前

让我们把以往的时光

使劲在记忆里打捞

让幸福快乐定格在

那一瞬间，那一闪念

那一瞬间，至今让人难以忘怀

那一闪念，永生让人刻骨铭心

怀念从前

模糊记忆中，父母的身影

一次又一次

在脑际深处闪现

在从前的时光中

怎可少了父辈关爱

这一闪而又珍贵的

一页页，一幕幕

怀念从前

让我们永远心存善念

让我们把今天的时光

紧紧抓牢，倍加珍惜

不想让今天的时光

在未来的怀念中

经不起岁月的打磨

经不起太阳的晾晒

经不起月光的捡拾

经不起内心永久的储藏

听取蛙声一片

这个党校不一般

还未踏进学校

就听取蛙声一片

这蛙声，好似在欢迎

即将培训的学员们

声声此起彼伏

一浪高过一浪

熟悉的蛙声，让我想到了

小时候家乡的水稻田

夜晚迈步田间小道

成片的蛙声，清脆悦耳

仿佛乐队合奏，置身其中

一幅庄稼人的夏夜图

多么美妙，多么难忘

想念家乡小时候的蛙声

只可惜，从前的蛙声

只可回味，留下了想象

置身现实蛙声的世界

一声比一声清脆

一声比一声悦耳

大自然就这么神奇

在一个地方丢失了的美好

总会在另一个地方找到

置身党校，蛙声阵阵

仿佛充满了对知识的渴望

仿佛充满了对智慧的向往

阵阵蛙声，此起彼伏

蕴藏着对大自然的无限爱恋

寄托着人与自然的永久和谐

一弯残月

大年才过六天

准备回家

抬头看见一弯残月

它像一把弯弯的镰刀

又像是一道细长的柳眉

悬挂在遥远天际

闪现在我头顶

一弯细长的残月

就这样直勾勾地看着我

好像在等我回家

又像是把我目送

就这样静静地对看

就这样让我把你细细端详

夜半更深

这么晚你还不休息

以你略显单薄的身躯

给孤独的路人

照亮前行的光明

让天空下的花草树木

沐浴你贫瘠的亮光

一弯残月，悬挂枝头

多么富有诗情画意

多么让人浮想联翩

你是一轮明月的前奏

你是一轮明月的基础

别看现在的你

瘦瘦小小，身单力薄

明天的你，圆润丰满

花好月圆，银光闪闪

就这样让我把你细细观看

就这样眉目传情，肆无忌惮

其实，你并不孤单

也并不冷清月寒

在广袤无垠的大地上

有无数村庄，无数小溪河流

有座座高山，也有沙漠草原

前来把你陪伴，一直把你热恋

故乡，让我热恋的地方

漂泊异乡多年

时不时会经常远眺

生我养我

家乡的那个地方

那个地方，令我神往

真不知道该怎样形容

我那可爱的故乡

故乡虽和别处一样

用泥土底色雕塑而成

但泥土的味道，也只有

故乡才能有着她

独有的味道，独有的芳香

我夜以继日，夜以继日

这么忙碌，这么劳累

都在一门心思，想给故乡

交一份完整而满意的答卷

故乡是我的根，是我的魂魄

是我能找到儿时记忆的地方

我的根深扎故乡，虽然在外

漂泊多年，但故乡的根系

却一时一刻，都没有离开过

和游子的心连得很紧，一同生长

故乡，我所有的一切

都在为您燃烧，为您轻狂

您是我灵感的源泉

您是我默默沉思的远方

您是我心里永无休止的神往

您偷走了我的心

您拿走了我的情

为故乡而不懈，为故乡而憔悴

为故乡而荣光，为故乡而凯旋

为故乡而辉煌，为故乡而永恒

故乡啊，我该怎样把您歌颂

故乡啊，我该怎样为您癫狂

把您报答，我不想用虚情假意

把您欺骗，把您瞒哄

我想用真挚的泪水，把您想念

我深深爱着我的故乡，正如

我深深爱着我的爹娘

我怎可忘记那块浸透着我辛酸

我激动我兴奋我喜悦我彻夜难眠

让我久久为之动情，让我一想起

就恨不得插上一双羽翼

不顾一切，飞向我终生热恋的地方

我爱故乡的土地，我爱故乡的山水

我爱故乡的亲人朋友，故乡

让我永久着迷的地方，那里

储藏着取之不尽，用之不竭的

创作源泉，假如为了我心中向往

我真想早日回到故乡，把故乡

所有矿藏尽情开采，用我

微薄的力量，为故乡争光

可是我又担心，准备不足
我笨拙的水平，怎能配得上
故乡那深埋地下丰富的矿藏
所以我正在外苦练硬功
争取早日回故乡，回家乡
为她奔波，为她发光，为她凯旋
为她辉煌，为她扬名，为她树碑
为她万世屹立不倒，吐露芬芳

久违的水稻田

久违的水稻田，啊

今天终于让我把你发现

我总有一种感觉

在某个地方丢失的东西

一定会在，另一个地方重逢

水稻田，一片一片

绿油油，像绿毛毯铺地

一行行，让我心醉

多少年，一直在寻找水稻田

今天终于让我找着

今天终于让我看见

逮个正着，再也跑不掉

大片大片的水稻田

呼啦啦，冷不丁

直接扑到我的眼前

我抚摸着水稻，亲也亲不够

吻也不松口，水稻田啊

水稻田，承载了我

儿时的记忆，儿时的回想

让我仿佛穿越时光的隧道

又一次触摸到美丽的童年

久违的水稻田

我不怕雨淋，不怕日晒

就是为了能近距离

把你亲吻，把你爱抚

就像遇到多年未曾相见的

老朋友，看也看不够

说也说不完，相见恨晚

久违的水稻田

大自然馈赠的美丽

我要把你带回家乡

带回我童年生长的地方

我深深爱恋着

久违的水稻田，啊

就像见到了我久久期盼的

好朋友，老朋友

把你紧紧握在手中

把你久久珍藏心间

中秋佳节话团圆

中华民族传统佳节

中秋节，今天如期而至

我张开臂膀

迎接盛大节日的到来

阖家团圆，万家幸福

成为中秋佳节的主题

我在三千四百米高原

把内心祝福，通过闪电

传遍每一个家庭

传向每一个人的心窝

幸福家庭，需要幸福的人

来共同营造，共同打磨

总有一些人

不能团圆，不能相聚

但心灵的呼应

早已将现实距离，缩短为零

心靠在了一起

人还会远吗

我在心里

打捞着节日的真谛

人们阖家团圆，其乐融融

把幸福生活尽情演绎

笑声在晚餐中跳荡

脸上写满了美滋滋的舒畅

月光也不由分说

以最敞亮的容颜

让幸福愉悦的人们，尽情欣赏

四月，再见

大自然每一个月

我们都会说再见

今天，四月最后一天

现在，四月最后时刻

四月，快似闪电

即将逝去，即将挥手

万般不舍，再难舍

挽留都是徒劳

四月，只是时间长河里

一个普普通通的月份

说它特殊，是因为即将逝去

我使劲拽住四月的尾巴

它依然义无反顾

毅然决然，阻止不了它

向前的步伐

四月，将春天

演绎得淋漓尽致

春暖花开，阳光明媚

万物复苏，万紫千红

我尽情拥抱，揽四月入怀

四月，以它骄人的成绩

向岁月交上了一份答卷

它很灿烂，它很和煦

将春的气息，送到千家万户

四月，又是一个朝气蓬勃

让人们流连忘返的花季

在春意盎然中踏春旅游

在花红柳绿中蜂飞蝶舞

常回家看看

常回家看看

家中爹娘已是两鬓如霜

子女是他们的心头肉

子女是他们梦中的牵挂

我们一起做子女

我们一起做爹娘

我们对子女有多关爱

爹娘对我们就会有多牵挂

爹娘关爱子女用情用心

子女孝敬父母尽着义务

子女是爹娘的全部

爹娘是子女温馨的港湾

能让爹娘欣慰的

永远是子女有出息能成才

能让爹娘放心的

永远是子女走正路行正事

常回家看看

爹娘虽然不曾常说

但你每次回家

爹娘就像是在过大年

常回家看看

什么都可以不带

有你的笑脸

就让爹娘心中乐开了花

常回家看看

看着你的一颦一笑

看着你的一举一动

都勾起爹娘的幸福回味

爹娘不善言辞

却把全部的爱

用勤劳的双手

默默做着今生的付出

爹娘的爱，无法称量
那是用爱心烹制的佳肴
爹娘的情，无法回报
那是生命孕育无尽的付出

我们在用爱心孝敬爹娘
努力在提前减少遗憾
尽孝永远无法让你等待
常回家看看，永记心间

家乡的梧桐树

树与人类朝夕相处

不可分离，如影随形

树的功能与作用

更是与人类密不可分

有幸回到老家

看到了县城大街小巷

生长着梧桐树，炎夏时节

给人们带去阴凉

有了梧桐树的关照

纵使外面阳光灿烂

树荫下的人们

依然徜徉着幸福的笑脸

感恩着梧桐树的一枝一叶

梧桐本也没想着

那么高尚，那么无私纯洁

它只是本能地存活

但却给人们带来了清凉清爽

微风吹来，凉风习习

将炎夏的热浪滚滚

推到了一边，坐在树荫下

丝毫不亚于置身空调屋里

享受清爽，微风席卷全身

将清凉注入我每个毛孔

多么惬意，多么让人艳羡

走在家乡的县城

怎么能无动于衷

怎能不浓墨重彩

把可爱无私的梧桐树

进行赞扬，进行渲染

家乡的梧桐树

给辛劳的人们遮挡阳光

人们在欢笑中前行

人们在忙碌中

把新生活憧憬

家乡的梧桐树

整整齐齐站满了街道两旁

无论春夏秋冬

无论寒来暑往

都要为大街站岗放哨

都要把大街打扮漂亮

都要为树荫下的亲人朋友

遮风挡雨，遮阴避暑

家乡的梧桐树

总是让人这样亲切

几十年来，风雨无阻

一直这样默默无闻

一直这样固守善良

以本真的自我

为人们前行撑起一片天

为心情舒畅绽放张张笑脸

乡　愁

乡愁，是孩子出生时

连接的脐带

乡愁，是每每想起家乡时

心头猛地一酸

乡愁，是常常眺望远方

不由自主朝着家乡的方向

乡愁，让我们很幸福

每每想起，嘴角就露出

甜蜜的微笑

乡愁，让我们很苦恼

每每想起，就彻夜难眠

乡愁，是父亲的烟叶袋

父亲把烟锅抽得喷喷香

空中升腾的烟圈

就是乡愁的五线谱

就是乡愁的咏叹调

乡愁，是母亲的围裙

长年累月围在腰间

在锅灶前来回穿梭

清香可口的饭菜

飘荡着汗水的甜美

乡愁，让我把村里的

田间地头，量了一遍又一遍

总也看不够，总也走不完

眼睛如摄像机，仿佛

要把家乡美景，永远

定格在心底最温暖的瞬间

乡愁，是儿时的回忆

是身在外地，却总把

家中的亲人牵挂想念

乡愁，让我们多愁善感

让我们总是把根，望了又望

摸了又摸，根在心中深扎

根在心中开花，缀满硕果

心中的少林

少林寺

心中向往的地方

这颗种子在小时候

就早已种下

今天就要开花结果了

今天就要颗粒满仓了

心中的少林

我就要来到您身边了

未曾见到您

我的心儿已早早

飞向您的身边

飞到您的怀抱

您是我小时候

纯洁的梦想

您是我小时候

珍藏的愿望

时隔几十年

终于把您拜望

这迟到的拜望

可曾打扰到了您

未及时把您看望

是我迟来的忧伤

座座大山

挡不住我寻找您的力量

片片白云

早已将我的快乐提前传递

我按捺不住激动的心情

我控制不住跳动的泪光

您是那样令我神往

您是那样让我激荡

小时候的纯洁梦想

终于在今天圆梦

终于在今天眺望

我要把您看个够

我要把您深深抚摸

我更要把您深藏心中

带回到我来时的方向

我要从您身上摄取力量

我要向您探寻生命真经

传世功夫被汗水浇铸

盖世武功令万人敬仰

有这样一棵树

有这样一棵树

一棵平平常常的树

常年坚韧不拔

缓慢生长

我从它旁边无数次路过

总想对它说些什么

这次终于如愿

一棵硕大的树，健壮的树

出类拔萃的树

独树一帜的树

常年矗立在那儿

是那样顽强，是那样倔强

春夏秋冬，一年又一年

在大自然中经历风霜雨雪

这棵树，枝繁叶茂，花枝招展

好似一位热情好客的东家

手心向上，捧着真诚

携着热情，顿时宾客满棚

真想对这棵树说些什么

大自然的树，何其多矣

既然我们有缘，在这里相见

我怎能就此别过

我要把你细细端详

我要把你慢慢欣赏

品出你内在的涵养和芬芳

饱经风霜，深扎着大地

仿佛要把大地扎穿

无所求，没有烦恼忧愁

也没有痛苦折磨

一心一意，把树的根系

缓缓扎向大地

身子不断变粗，枝干慢慢变老

大自然的循环，谁能抗拒

也许遵从自然，才是天道

岁月伴我们成长

何军宏 —— 著

下

四川文艺出版社

目录

第五辑　父母之爱，情深似海

第六辑　梦中的你，依然轻盈美丽

第七辑　心中有话对你说

第五辑

父母
之爱，
情深似海

赞美天下所有母爱

天下母爱，何其多矣

能赞美够吗

前脚刚赞美，后脚就接着

紧锣密鼓，吟诵出

更多丰富多彩的感人母爱

母爱能赞美完吗

母爱能歌颂完吗

天底下有多少温柔善良的母亲

就会有多少暖人心肺的母爱

母爱似一首唱不尽的歌谣

从我们记事起，或者说

在我们不曾记事起

深深的母爱

就将我们包裹

就将我们缠绕

在母爱的海洋里

我们畅游到现在

在母爱的深情里

无论子女走到天南海北

母爱似一根金针银线

牢牢把你时时拴在心窝里

母爱是需要赞美的

不然怎会对得起

天底下无数母亲

为儿女的默默付出

母爱最不求回报

母亲把对子女的好

从来都看作天经地义

理所应当

既然母爱这样高风亮节

感染着天空，感染着大地

感染着路边的花草树木

感染着虫鱼走兽

不赞美歌颂，绝没有理由

母爱似一道亮光

把前行道路照得通亮

母爱似一道闪电

让母爱的光辉

洒满大地每一个角落

母爱似一杯

浸人心脾的奶茶

让我们从头甜到脚

母爱布满社会每一个毛孔

连空气里

都弥漫着母爱的芳香

有母爱包裹的地方

就会有社会的和谐友善

就会有人间的情意绵绵

就会有国家的长治久安

为母爱鼓掌点赞

什么叫母亲节

什么叫母亲节

母亲节是一个神圣的日子

母亲节是全天下母亲的骄傲

母亲节用爱意贯穿情感

母亲节用感恩串起暖心

母亲节写在一条条

长长的面条里

母亲节写在一声声问候里

母亲节是稀饭都可以吃得很香

母亲节是山珍海味都不算稀奇

一大桌饭，是母亲的荣誉勋章

一大堆礼物，是母亲用生命

织就的锦缎，在所有的礼物中

陪伴，理所应当成为节日的首选

有母亲在，我们永远年轻

有我们陪伴，永远不会孤单

什么叫母亲节

它是几十年如一日的牵挂

它是接到问候电话的如获至宝

它是儿女再忙，也会在电话

那头喊一声妈，它是一个个

信息符号，它是一串串啰唆闲聊

交流就是节日最绚丽的烟花

什么叫母亲节

它是鼻子一酸，眼眶湿润

它是强忍住心中的火苗

就是不想让热泪洒满脸面

它是双手捧给母亲的一碗面汤

它是把母亲的老手握出了细嫩

它是母亲头上的一根根青丝

它是母亲额头上一道道皱纹

一年一度的母亲节

我能把什么送给母亲

母亲给了我生命，给了我家庭

我用一生报答母亲，总是在

忙忙碌碌中，星星点点地

像挤牙膏还着账，可天底下的

母亲，什么时候，又何曾想着

你来报答，你来偿还

为父亲流下思念的泪水

好长时间

没有为父亲流泪了

如果不是因为父亲节

我不知道

还要把这看似宝贵的眼泪

究竟储藏到何时

是对父亲没有感情

还是因为父亲走得太久远

如果在父亲节

都不能抽出时间

为逝去多年的父亲

流一些泪，我于心何忍

我是父亲的传承和延续

身体里流着父亲的骨血

脾气性格和父亲也有着

惊人的相似

甚至连走路的姿势

额头的皱纹，都仿佛

是父亲的复制版，我是父亲

几十年后的，又一条好汉

逝去的光阴，又一次

唤醒了我对父亲的思念

唤醒了我对父亲的无限缅怀

最疼我的那个人去了

最想叫一声父亲

却永远听不到回答

父亲去了，永远地去了

我再也唤不醒他了

对父亲最好的祭奠

最好的缅怀，不是眼泪

而是坚定，而是自强

而是决心，而是自律

而是坚韧，而是走向成熟

而是问心无愧，而是有所出息

而是不达目的永不罢休

这样，父亲就会永远安息

愿天堂的父亲，一切静好

母爱，至纯至洁

一直有个想法

就是想通过我的笔墨

表达人世间至纯至洁的爱

这种爱，就是父母之爱

父母之爱，人世间最纯的爱

纵然你用尽所有气力

都难以表达父母之爱的

至纯至洁，至真至亲

在父母之爱中，我从小

沐浴在爱河里，我很庆幸

能从小让父母，给我一个

完整的爱，让我从小就

心灵健康，须知单就这一个

小小的愿望，小小的爱

并不是天底下所有的儿女

都能得到最充足的沐浴
都能得到最完整的温暖

父亲早已离开我多年
随着时光的流逝，渐行渐远
再怎么走，都永远走不出
我的心间，因为父亲给了
我刚强，给了我坚毅
给了我朴素，给了我做人的
正直和善良，天底下的父亲
能做到这样，已经彻底
完成了一位做父亲的全部

而现在我最想表达的，却是
我的母亲，很荣幸很幸福
母亲现在就生活在我的身边
我们每天都能相见
写不完的母亲，母亲给了我
无穷创作的灵感，这样
近距离地相处，我都无法
把心中的母亲，还原给生活

试问，我还能做些什么

大凡以前只要一写到母亲
就是感动，就是思念，就是
泪湿衣襟，可我现在却想说
我想把现实中身边的母亲
写得甜蜜一些，阳光一些
爱恋一些，活泼可爱一些

能尽早地写母亲，是我由来
已久的想法，在母亲有生之年
能给我无穷灵感，完成这一
发自内心的良心作品，是我
多年来的心愿，也是我的目标

母亲身体很好，饭量也很好
思维清晰，头脑一点也不糊涂
这也许就是上天对母亲多年来
纯洁善良，最大的恩赐和回报

一直想写母亲，一直也很想

写好母亲，在这里我不只是

想歌颂我的母亲，是想热烈

歌颂天底下所有的母亲

想通过我的母亲，歌颂

普天之下，所有女性的伟大

所有女性的善良和无私

我的母亲很平常很普通

正如我一样，我也只是

从农村里走出来的一位

写作爱好者，从始至终我都

没有认为，我写作有什么神奇

和不得了，写作其实就是一种

普通的劳动形式，唯一不同的是

别人的劳动不需要检验，而

我们的写作不光是写给自己

还要写给读者，写给亲朋

好友，一丁点的不认真

都将会受到良心的谴责和考验

斗胆写天底下的母亲，按现在

实有的水平，还真是有些大胆

或者说有些自不量力，但母亲

已经到了我的身边，我不写好母亲

就没有任何理由，写好母亲

是我的天职，是给母亲最大的孝道

我实在找不出，也不愿意去找

还有什么理由，可以不写好母亲

献给父亲的赞歌

父亲平平常常，普普通通

平常如村中的溪流

昼夜流淌，默默向前

普通如村中老树

静静地矗立在那儿

一动不动，亘古永久

平平常常的父亲

普普通通的父亲

平常得都快被我遗忘了

普通得时时被我淡忘

就是这样一位普通农村老汉

他却是生我养我的至爱父亲

一个男孩的成长，或者说

他今后能走哪条道路

与父亲的潜移默化

耳濡目染，密不可分

父亲给了我无穷的爱

虽然那时农村的爱是贫穷的

是朴素的，但我却享受着

童年的幸福，少年的甜蜜

青年的刚强，这种爱已够博大了

我今生都享用不完，领受不够

父亲给的言传身教，至今

刻骨铭心，永世难忘

他教会我刚强，虽然没有说出来

但那幅：自强不息，矢志不渝

却让我三更半夜，都夜不能寐

这是父亲的期盼，是父亲的

殷殷嘱托，更是父亲梦想的延续

父亲教会了我朴素，在农村生活

时间长了，很难把朴素的外衣

脱下，也许我天然不够洋气

越长越接近家乡特色，这也许

就是朴素已融入我骨子里了

朴素向来和真诚，互为孪生兄弟

永远做一个朴素的人，真诚的人

把父亲的美德发扬光大

让父亲永远放心，安息

父亲教会了我学会吃苦

吃得苦中苦，方为人上人

吃苦是农村娃的看家本领

学会吃苦，决心吃苦，无悔吃苦

吃苦是福，吃苦是乐，吃苦充实

吃苦让人难忘，吃苦让人

自强不息，吃苦让我们愈发

勇猛顽强，吃苦让我们时时

学会感恩，苦是一切甜的根基

父亲教会我做一个有用的人

正直的人，善良的人，做一个

多想着他人的人，我任何时候

都没有脱离父亲为我规划的道路

指引的航线，一步不停，马不停蹄

执着顽强勇敢坚毅地走下去，走到底

有这样的父亲真好，每当回忆起

父亲，让我很甜蜜，让我很幸福

父爱的甜蜜一直陪伴我到今天

父爱的幸福，如玉液琼浆，总也

让我今生畅饮不够，我深深爱着

我的父亲，真不知道究竟

以哪种爱的方式，能让我

更爱我的父亲，在依稀蒙眬中

父亲那并不伟岸的身影

永远激发起我奋力向前

努力向前，永不懈怠，实现夙愿

母爱坚强

要写母爱

就大胆写吧

母亲已经住院

今天第三天了

从第一天开始

就连续打点滴

从住院进来的晚七时

一直打到凌晨两点半

一连三天的治疗

母亲很坚强

很少能喊到哪里痛

其实年已八旬

怎么可能不痛呢

况且医生诊断

目前的情况就是阑尾炎

第三天的早晨

母亲两点多就睡不着了

端坐在床上，一直坐着

如果不是邻床大姐

把我叫醒，我全然不知

母亲已经在床上端坐多时

我也很疲惫，一躺下去

很快就睡着了

这就是天底下的母亲

她自己再怎么难受

也不愿惊动子女

哪怕近在咫尺

这是骨子里的善良

与生俱来

母亲已经住院了

在这种情况下

如果我还思维凝滞

如果我还不能灵感迸发

那真是无可救药了

难道你对母亲没有感情

难道你不是母亲亲生的

一连几天的照看

虽然起床了

全身依然略显疲惫

在睡眼蒙眬中

看着母亲熟睡的背影

我心中有万千情愫

需要一说为快

需要一泻汪洋

母亲在八十岁之前

从来没有在医院住过院

以前只是我回老家

带母亲到县城医院

检查过身体，可这次

却不同了，时隔十年

母亲第二次来我这儿长住

未曾想到，我尽孝心

却把生我养我，抚育我

长大成人的母亲，送进了医院

平心而论，此时此刻的我

好像是在做着检讨

在做着极为深刻的检讨

听着母亲的呼噜声

良心在替我求情，一直在想

亏欠母亲的已经很多

天底下的母亲，没有哪一个

会和子女算这个账，算这笔账

不想算，也算不完，因为

情义无价，因为，善良无私

与生俱来，在母亲骨子里长成

尽孝心，是每一个天下儿女

天经地义的责任义务

只可惜，天底下的儿女

以这样那样的忙碌

以这样那样的借口

一次又一次，一回又一回

等啊等，拖啊拖

总觉得以后时间还长

机会还很多，殊不知

我们尽孝心的时间

是极其有限的，在万般

托词等待中，我们留下了

难以弥补的悔恨和内疚

给老人尽孝心要趁早

因为世事无常

明天和意外，哪一个先到

谁也说不清楚

我用流水账记录着

我对母亲深深的爱

无论别人怎么评价我的文字

已经不太重要，只是

我在抒写母亲的字里行间

不能有丝毫的不真诚

或者亵渎懈怠

良心在监督着我

写给自己看，也写给

天底下所有的子女看

闻听母亲康复的佳音

母亲在家里生病了

我几乎一夜未眠

虽然昨夜与家中通了电话

但悬着的心

一夜都未曾落地

不是我不相信家里

也不是我小题大做

换作是谁，都会这样牵挂

毕竟这个人，给了我生命

毕竟这个人，用母乳

把我悉心喂养

听到母亲康复的消息

我全身充满了兴奋，充满了

激动，散发出无穷的动力

心里一块石头终于落地

未得到母亲康复的消息时

心中像被撕扯，一颗焦急

悬着的心，总也静不下来

听到母亲康复的消息

让我精神为之鼓舞，我像是

被注入一支强力镇静剂

让我一颗牵挂忧伤的心

得到稍稍的安慰和平复

能不牵挂，能不忧伤吗

父亲早已离我们而去

能让我们兄弟姐妹的心

连得最紧，贴得最亲

成为牢不可破的纽带

唯有母亲的骨肉亲情

母亲已经渐渐康复

悬着的心，终于落地

人生哪有那么多的好运势

为了让子女们少留遗憾

一定要在母亲健康时

多陪陪母亲，让母亲好好

享受人世间的美味佳肴

游览祖国的大好河山

这不是母亲的愿望要求

做儿女的要早早想到

把遗憾降到最低，降到零点

才是我们的心愿

其实，母亲哪有那么多的奢望

她从没有奢想过

品尝那么多的美味佳肴

游览那么多的名山大川

她的全部幸福，也许就是

让自己的子女健康成长

有所出息，为此她宁愿吃尽

天底下所有的苦头，都会

心甘情愿，毫无任何怨言

这就是天底下每一个普普通通

的母亲，最大的奢望，唯一的奢望

母亲能健健康康地生活

与她终生热爱劳动密不可分

劳动成为她今生最好的养生方式

田间地头，锅碗瓢盆

成为母亲最忙碌最热爱的地方

几十年如一日，没有一天

不劳动，不与劳动结缘

热爱劳动，忠诚劳动，勤勉劳动

成为母亲一生的炽爱和信守

也许是母亲感动了劳动

劳动让我那亲爱的母亲

终生辛苦，终生幸福，终生健康

母亲是属马的

母亲是属马的

在以往和母亲通话中

这个话题从来就没有聊过

前几天与嫂子通话得知

邻居有一位老人已经去世

我和母亲聊了起来

母亲说去世那位老人

是属马的，与她同岁

时间过得真快

如果不是和母亲闲聊

如果不是那位邻居去世

和母亲聊起这个话题

我永远也不会知道

母亲原来是属马的

母亲八十岁了

我竟然不知道母亲是属马的

而我的属相，母亲却

一时一刻从未忘记

这就是天底下所有的母亲

这就是母亲和儿子的巨大差异

不是说我们记着母亲的属相

母亲就会有多么荣耀

就会有多么兴奋，那是因为

我们就没有用更多的心思和精力

去记住这些

全天下的母亲，全天下的亲娘

一向都很宽厚仁慈善良

在母亲眼里，任何时候都不会

和子女计较公平的话题

因为母亲的天性，就是给予

无限给予，全部给予，永远给予

给予，已永远成为母亲的代名词

给予，永远让母亲感到终生幸福

作为子女的我们

应该把什么

给予母亲呢

是孝道，孝心

这个问题，我们是可以

和母亲商量讨教的吗

也许永远不会

母亲，就是母亲

天底下最亲的人

如果在关键时刻

遇到以命换命的事情

母亲会毫不犹豫

以最快速度站出来

也许她会步履蹒跚

但她的眼神和她的心

永远充满坚定，毫不迟疑

这就是母亲，愿意用生命

护送子女一生，生命中

最可爱的人，最无私的人

母亲从没有想着子女的赞美

因为她的胸怀无比宽广浩荡

如世界上漫无边际的海洋

母亲无所求，哺育抚养孩子

快快成长，成为母亲的天性

成为母亲时刻用行动恪守的

终生誓言，天底下的母亲

从来不愿多说，她们用无声的

行动，书写着人世间最美的大爱

母亲啊，可亲可敬的母亲

我深深爱着我的母亲

爱着天底下所有的母亲

在母爱的广阔天空里

我又一次沐浴着

无尽的幸福和骄傲

在母爱的温暖怀抱里

我周身有使不完的

干劲和力量，激情和向往

我的母亲，并不高大魁梧

身材矮矮小小，但在我眼里

在我心里，母亲就是这个世界上

最高的山峰，最亮的明灯

最宽阔的海洋，我深深地知道

没有眼前这个矮矮小小的老人

哪有我的今生，哪有我的生命

每当想起母亲对我的抚摸

对我的牵挂，对我的照顾

对我无微不至的叮咛和嘱咐

我就会眼眶湿润，谁言寸草心

报得三春晖，对母亲的情永远

说不尽，道不完，子女对母亲

深深的祝福，永远的祝福

母爱，永远的温暖

有幸能与母亲视频电话

这得益于侄子从部队回来

拿出自己的手机视频连线

才圆了与母亲面对面说话的梦想

从视频中看到老母亲

日渐消瘦的脸庞，脸有些红肿

可能是北方天气太冷的缘故

心里不免有些酸楚，是啊

母亲老了，母亲变老了

眼看着春节临近

我给母亲买了件外套

她说，自己什么都有

什么都不缺，你把自己照顾好

母亲什么都不缺，你能相信吗

母亲再缺什么，她会告诉你吗

天底下的母亲，最容易满足

是因为她永远感到很知足

子女所有的一切，都装满了

她的心房，装满了她的全部

天底下的母亲，也最不满足

她把子女当作永远长不大的雏鸟

也许你已经长大成人了

可母亲却时时刻刻

牵挂不尽子女的衣食住行

有时候让母亲好好唠叨一番

你要以最大的耐心和恒心

听着母亲把心里话讲完

哪怕一回头，忘得一干二净

也不要那么快就表现出

急不可耐，神不守舍

爱唠叨，是母亲的天性

看似啰唆的唠叨，里面却包裹着

浓浓的温暖，不要嫌母亲唠叨

唠叨会遗传的，也许若干年后

你也会有这么一天，你没完没了

对你的子女唠叨半天，你的子女
也是在和你当年一样耐着性子
在认真听着，听一回就少一回
唠叨一回就少一回，只要母亲
永远健在，她就是我们面前
最有力的屏障，当有一天
这道屏障不在了，我们就真的
老了，天地轮回，谁也无法

有时候，我刚打电话没几天
母亲就在家里等电话
在等子女的电话，这一并不算
过分的要求，可惜我们做得
不够，很不够，总是因为忙
母亲很不愿意主动打电话给子女
怕影响子女们的工作，从没有
读过书的母亲，竟然这么
通情达理，善解人意，她可以
等你电话，但就是从不说出口

我有这么一位老母亲，顿时

让我感到很幸福，最起码

我随时可以和母亲说说话

也还来得及弥补一下，我多年

未尽的孝心，看看怎样才能

不欠母亲的账太多，让内心的

重负，渐渐烟消云散，渐行渐远

对于年已八旬的母亲，能经常

听到我的问候，我也能经常

叫声妈妈，这是一件多么幸福

多么温暖的事情，这种温暖

胜过任何绫罗绸缎，万贯金钱

母亲的生日

每一个人都有生日

我们从小到大

会过无数个生日

每当我们的生日

母亲总是比我们记得更准

母亲大字不识

所以也不会把

老式手机拨出去

她会用心理感应提醒子女

你的生日到了

妈妈在祝福你

可是母亲的生日

又有多少子女

会记得很准确呢

母亲把子女的生日

时常牵挂在心头

子女却常常

记不起母亲的生日

子女很忙

忙不应该成为

忘记祝福母亲生日的托词

母亲八十一寿辰

来到了

为了表达子女的感恩

中午在餐馆

给母亲点了一碗长寿面

当店长得知今天是母亲生日

说店里有个不成文的规矩

只要是来餐厅过生日

都会免费送上一碗长寿面

当时中午就餐有十多桌

满桌满园，大家其乐融融

当一碗小面被热情的服务员

双手端到母亲面前时

《祝你生日快乐》的乐曲

顿时响彻整个餐厅

几乎几十双眼睛

都不由自主地聚焦

母亲正在吃着的那碗面

聚焦在他儿子的陪伴下

今天听到《祝你生日快乐》的

音乐，是那样好听

那样难忘，这首乐曲

听了无数遍，唯独

今天最好听，母亲在农村

待了几十年，从没有享受过

这种待遇，可母亲丝毫没有发现

儿子的眼里，已浸满了感激的

泪水，感恩的清泉

这还没完，我特意到鲜花店

给母亲制作了一个生日花篮

底座是用橡皮泥做的

几十朵五颜六色的鲜花

齐聚在一起，我像一个打了

胜仗凯旋的大英雄

双手把鲜花抱在胸前

激动地将鲜花捧给了母亲

可能最让人难忘的就是

我给母亲买了一个

小型生日蛋糕

点亮了象征性的十多根蜡烛

母亲戴上喜庆的生日帽

双手合十默默许愿着

祝全家一家老小平平安安

健健康康，一切都好

蜡烛闪烁的小火光

把母亲的脸颊映得通红

让母亲仿佛回到了几十年前

少女害羞的年代

母亲很少这样过生日

她从不想花多余的钱

平时节俭惯了，花钱的事

总是先摇头，生日的一切活动

都是我独自做主，没有和

母亲商量，如果商量就会泡汤

这就是几十年来

我为母亲在城里过的一个

别开生面的生日，其实

母亲是不讲究这些的

只有子女感觉到母亲

把我们从小拉扯大的确不易

因此想着法子让母亲快乐

其实就生日而言，天底下

所有母亲都希望子女平平安安

我们总是在母亲生日的形式上

狠下功夫，能让母亲真正

快乐高兴的，就是子女们

心想事成，能有出息，看到

子女们个个顺心如意，健康快乐

母亲的心里，就乐开了花

笑在心里，才是最美的笑

才是最长久幸福的笑

母亲就要回家了

母亲就要回家了

在城里待了半年

就再也待不住了

来到了南方

对外界的一切

都赞不绝口

常常感慨，啥都好

啥都好，是母亲

对外界所能看到一切的

由衷之言，在农村

泥里水里，摸爬滚打了几十年

第一次出远门待了半年

看见什么赞什么

仿佛要把美丽河山

每一个角落，都赞个遍

母亲就要回家了

心里总认为给儿女

添了很多麻烦

一直吵嚷着早点回家

不是母亲不习惯

而是总怕给儿女添麻烦

天底下的父母

哪一个不是如此呢

母亲就要回家了

她时不时，念叨着

村中南边那条羊肠小道

村口一直流淌的那条水渠

以及水渠旁边那棵

代表着村庄历史的老柳树

其实，她最想的

还是左邻右舍

与他们打交道几十年

低头不见抬头见

乡里乡亲，几乎每天都见

走路见，吃饭见

田间地垄也常常碰见

乡里乡亲，已流入血脉

已注入心田，就要

见到家乡熟悉的一切

时不时从高铁向外张望

嘴里不停念叨着

快到家了，快到家了

是啊，家乡是我的根

也是母亲的根，家乡

更是我们每一个人的根

我把根带着走向世界

我把根带着走向世界

这个根，是生命之根

这个根，是生育之根

这个根，是养育之根

我走向哪里，就寸步不离

把这个根带向哪里

这个根，就是我昼思夜想的

老母亲，就是我至爱的亲娘

这个根，此时就在我的身边

我和母亲一同享受着幸福

我享受着根的美好，报答着

根的滋养，根的养育

世界很大，我无法带着根

走遍世界，但有我看到的地方

就有根的一席之地

为何要这么早就报答根的养育

因为世上孝心不等人，因为

我们任何一个人，都不想

把心中深深的遗憾愧疚

留给迟到，留给懊悔，留给

哭天喊地久久的内疚和自责

我把根带着走向世界

这一天来得不迟不早

只要这一天来了，就永远

不算迟到，我的世界并不大

在这个不大的世界里

我陪着生命之根，养育之根

走向世界，走向温馨

走向对一切都倍感好奇的天真

我们一天天茂盛强大

是根把全部的养分

给了子女，我们今天

能健健康康，快快乐乐

带着生命之根，走向世界

是子女的福分，是子女的福报

给父母尽孝，永远不能拿

多少来衡量，永远尽不完

永远尽不够，我们是子女的榜样

我们做得有多好，子女就会

在我们身上，重复回报着

今天的一切，因为良心有眼

就算一切都不成正比，可我们

依然无怨无悔，心甘情愿

母爱的光芒

我的母亲是一位大字不识的

农村妇女，我从未因母亲

没有文化，而有一丝嫌弃

相反，我时常有一种悲悯

母亲当年家穷上不起学

一路逃着要饭，从陇西一路

走来，到陕西关中被父亲收留

可想而知，从小也是历经苦难

也许是从小历经苦难，才有了

今天的幸福，今天的美好

在母亲来城里家中之前

几乎很少能在城里待半年之久

每走一处，嘴里时常流露出

啥都好，啥都好，这是母亲

对看到所有新奇事物的最笼统

最简洁的褒奖，是啊，在农村

待了几十年，经历了艰苦岁月的

老人，看到今天日新月异的变化

能不感到惊奇吗？我的母亲

见到了这一切，也享受了城里

先进美好的生活，也算见了世面

可是我在想，普天之下

有多少老人，还没有这样

好好长时间在城里待一段时间

我不能太私心，我总是在尽孝

母亲的同时，希望天底下

所有的父母，都能健健康康

这是我发自内心的想法，也是

我想亲历亲为的一个目标

工作三十年，以前总是把家

当作客栈，匆匆而来，匆匆而去

直到这一次与母亲近距离相处

猛然发现母亲就是一个巨大的

聚宝盆，里面的珍稀资源

怎么取也取之不尽，特别

是在精神层面，值得子女学习的

简直太多太多，不是没有

而是我们太不善于观察，太不

善于发现了，如果不把这些美德

毫无保留地展现出来，良心

时时在揪着我内心发问

天底下所有的母亲

都充满了无尽的善良

善良是母亲的天性，与生俱来

谁也拿不走，谁也强加不上

只要是母亲，就具备这样一种

天然属性，否则缺失了善良

你怎会在十月怀胎中免受颠簸

你怎会在呱呱坠地那一刻

母亲在经历阵痛过后，脸上依然

浮现出欣慰的笑容，你怎会

一路走来让母爱时时包裹着你

浓浓的母爱，时时陪伴你左右

天底下所有的母亲

特别是年龄大一些的老母亲

对所有一切，都感到异常满足

这些满足都是对比出来的，有些

却是镶嵌在骨子里的

我一直信奉，世界上最富有的人

永远都是那些感到最满足的人

因为她知足，所以她感到一切

都超乎寻常的好

如果在物欲的大海里欲望无穷

永无止境地挑战，也许迟早

会被淹没，会被吞噬

天底下所有的母亲

与生俱来就带着天然的勤劳

来到这个世界上，你想剥夺

她对劳动的热爱，剥夺她的勤劳

母亲会和你翻脸，会和你过不去

这是母亲在这个世界上唯一的

求生之路，这是母亲今生

最坚固的饭碗，母亲依靠勤劳

建立了她在这个世界上最好的口碑

勤劳是母亲的荣誉勋章，勤劳

是母亲对这个世界的感恩，勤劳

也是母亲把我们从小拉扯大的

最有效最稳固的工具，毫不夸张地

说，母亲的勤劳

孕育了人类，孕育了天下

天底下所有的母亲

与生俱来都带着无私

母亲所做的一切，都是为了孩子

哪怕只有一口饭，也决不会先吃

哪怕自己饿的眼冒金星，也要把

这一口饭菜留给孩子，对孩子

母亲今生没保留，母亲常说

既然我生了孩子，我就要对他

负责任，就算再苦再累也要把他

拉扯大，养育好，这就是天底下

所有的母亲，心里只有孩子

把孩子的冷暖时刻挂在心头

把伟大的自己，却丢失得无影无踪

送给母亲的礼物

亲爱的母亲

孩儿要给您送礼物

送的礼物是一本书

书名就叫作《母爱》

这本书，是我给您

默默的承诺，殷殷的祝福

实在想不出还有什么

更好的礼物，送给母亲

取名为"母爱"的这本书

是我欠您的账，内心曾经

无数次默默念叨

要排除一切困难写好这本书

现在终于走向出版社

希望它能

给我灵感，给我动力

我想用尽全力写好这本书

首先是送给我那大字不识的母亲

然后是送给天底下所有

温柔善良的母亲，进而送给

普天之下所有的女性朋友

母爱贯穿于女性成长的不同阶段

无论是白发苍苍，走路蹒跚

无论是人到中年，体态优雅

还是洋溢着火一般青春的少女

都会在母爱的温暖中健康成长

母亲，我要送给您这本书

既然打定主意要送

就要尽一切努力写好

必须拿出我的看家本领

必须在创作阶段全神贯注

聚精会神，心无旁骛

水平是有限的，态度却可以

无限端正，我是在给母亲

唱赞歌，也是通过这种特殊方式

报答母亲的养育之恩

无论我写得好还是不好

都要下定决心把这件精美礼品

保质保量，呈现给

亲爱的母亲，亲爱的妈妈

我要先拟好提纲，分门别类

搜集整理出大约九十九个题目

每个题目的内容都要精心打磨

手艺一般，但我必须用心

用心意真诚弥补水平的缺陷

我给母亲送的这份神奇礼物

母亲并不知道，不能告诉她

想给她一个意外惊喜

这是一件神奇礼物，在创作中

每一天，我都沉浸在幸福之中

这是一件快乐幸福的事情

没有任何人逼迫，也没有任何人

要求，一切都是我发自内心

自觉自愿，因为这件礼物

无可替代，无法复制

既然我对诗歌爱得不能自拔

为什么就不能因地制宜

为母亲量身定做一件精美绝伦的

旗袍呢，母亲是农村人

可能什么叫旗袍，她不知道

也几乎没有见过，我现在就是

背着她，在为她做一件光彩照人

她从未穿过的精美绝伦的旗袍

我一针一线，一板一眼

慢慢地绣，仔细地绣，怀着喜悦

怀着激动，我相信送的这件旗袍

一定很美，妈妈一定会很高兴

热爱诗歌整整有四个年头了

在这四年里，我几乎每天走火入魔

几乎每天昼伏夜出，悄悄咪咪

小心翼翼热爱着我的诗歌

我穷的只会写诗歌了，为何不把

母爱写得热烈一些，写得阳光一些

母亲很健康，身体很硬朗

我要把一个健健康康的母亲

呈现在各位面前，天下母亲都一样

都热爱着子女，爱恋着子女

我早已说过，只是想通过

写我的母亲，进而引申写天底下

所有的母亲，所有的母爱

我送给母亲的这件精美礼物

她并不知道，她如果知晓

说什么也不会让我写，怕我劳累

怕我伤神，怕我透支体力

我本已有未老先衰的感觉

长期从事写作，总想把某一个

章节写完后，停一停，歇一歇

但总是停不下，人好像

被打了鸡血，不停地写，使劲地写

下意识感觉到这样做就是

对父母最好的报答，就是对内心

最好的救赎，无可救药，随他而去

母亲对我们的疼爱，是全方位的
也许你根本不经意，母爱已
悄悄来到你身边，母亲最不喜欢
表达，儿女都擅长表达
这也许就是母亲与子女的根本不同
母亲总是把默默地做，表达到极致
子女总是有千言万语要与母亲倾诉

母亲的心，可以容纳全世界
所有的委屈辛酸，仿佛可以盛满
你所有不快乐不开心，但母亲的
艰难，母亲的无奈，母亲的忧虑
却绝不会告诉你，有时还怕你发现
脸上始终堆满笑容，好像母亲
从未有过任何不快乐不开心
任何一个正常人都会有，只是
母亲永远不说，怕子女不快乐

亲爱的妈妈，这件礼物
既然我已下定决心要送您
就要努力做好，不知道我到底

有多大潜力，会做好这件事

开弓没有回头箭，别无选择

虽然您不在乎这件礼物是什么

但我却异常在乎，因为这是我

送给母亲最珍贵的礼物

不用多久，礼物就会

顺利出炉，这是天下儿女

送给妈妈的一片心意，这是

每个子女对母亲养育之恩的

永世报答，这是母亲获得的

最高荣誉勋章，这是天下儿女

与母亲的血脉相连，骨肉情牵

我为什么要写母爱

母爱，身心释然

母爱，世界上最耀眼的光环

母爱，让我前赴后继，赴汤蹈火

母爱，让我欲罢不能，失去自我

写母爱，对我是一种救赎

对我是一种自律，对我来说

是一种内心的弥补，也是一种

良心的驱使，如果连母爱

都写不好，试问，我还能

写好什么，我能回答得出来吗

母爱，盈满我的全身

母爱，通灵透彻

与母亲朝夕相处半年

却时时找不到灵感

难道我的良心做了亏心事

如果一天不写诗歌

我实在找不出自己存活的理由

难怪有人说，每一个人

来到这个世界上，都是带着

某种使命来的，那我就是

带着拼命写诗歌

这个使命而来的

我之所以穷尽所有力量

来写母爱，那是因为

我心中时时刻刻，蓄积着

一种力量，可以说是一口气

人活着也是那一口气，写母亲

也是那一口气，细细想想

有生命的人，和失去生命的人

唯一的区别，不就是

那口气吗？看到母亲

我看到了根，看到了底气

看到了希望，看到了向往

尽孝不能等，写母爱

在我认为就是对母亲

最好的礼物，最大的感恩

为什么一定要等到母亲

离开我们才悲痛欲绝，哭天喊地

为什么一定要等到母亲

瘫痪在床，才把爱心来献

之前都干什么去了，那都是

因为我忙，忙不过来，实质上

每次见到母亲，对我们来说

就是加油站，就是催化剂

就是一次心灵的洗礼

就是一次良心的救赎

时间一直过得很快

同样的时间，你写了母亲

时间也过来了，你不写母亲

时间也过去了，我之所以

在这么短的时间内，挑战自我

就是不想给自己留下遗憾

留下不可弥补的损失和后悔

我想用平和的语气来写母亲

我想用朴实无华的辞藻来写母亲

无须抓耳挠腮，无须绞尽脑汁

一切遵从内心，一切顺从心灵

要有无所畏惧的心，来接受

这次挑战，这是幸福的战斗

写母爱，不为名利而写

不为金钱而写，只为内心而写

只为良心而写，只为无尽的爱而写

我想通过写母爱而写天底下

所有的大爱，想通过写母亲

而写天底下所有的母亲

写母亲的共爱，我的母亲只是

一个缩影，只是万里长江黄河里的

一滴水，是想通过写母亲，来写

天底下所有的女性，所有的善良

所有的纯真，所有的无私

我写母爱，只想表达我内心

由来已久的想法，母亲来成都

已有半年之久，在与母亲相处

过程中，我了解到了一个真实的

母亲，只是想把母亲的品性

内心的自在，得到一个还原

我可能不是一个合格的儿子，但我愿意

倾其所有去努力，因为母亲是满分

在儿女眼里，母亲永远都是崇高的

至高无上的，因为她是我们

生命的源泉，她是我们的根系

我写母爱，不一定要畅销

写好了，是我的造化，是我的福气

就算尽其所能，最终没有达成所愿

我想也是无悔的，因为这是我给

母亲的答卷，这是我给良心的交代

世界上有很多事情可以逼迫

唯独尽孝不能逼迫，逼迫的事情

是干不好的，要想真正干好一件事

必须发自内心，无怨无悔

有时甚至是以生命做抵押做代价

我们所做的一切事情，都没有

绝对的对不对，一切都活在

自我认知里，你认为这件事值得

一定有为她奋斗到底的理由和担当

你认为这件事不值得，纵然是

每天为之，却是心不甘情不愿

有时候，人最大的痛苦可能就是

一直在做着最不愿意做的事

但又不得不做，这看似一对矛盾

有时却整整贯穿着我们一生

让我们动弹不得，让我们无法选择

让我们无力抵抗，让我们束手就擒

在母爱之间没有绝对的平等

母亲是一条博大的河流

可以容纳子女的一切任性

我们有千般委屈万般无奈

母亲都会悉心听我们絮叨

不会有任何的烦恼和急躁

她总是愿意倾其所有

用尽所有的智慧，把你烦恼的

这把锁打开，母亲的爱

永远不会有任何一丝一毫的保留

和吝啬，母亲的爱，生来就是

为子女而备，为子女而储存

母亲用一生来爱子女，而唯独

没有好好爱过自己

我们都是母亲用一生精心雕琢

出来的最好产品，假如说母亲很穷

那么她穷得只剩下可爱的子女了

假如说母亲很富有，那么所有的

子女，就是她的全部，她永远

以子女有出息而感到无上的

光荣和自豪，她永远为子女的

健康平安，而时时默默祈祷

我们永远不能忘记这样一个场景

那就是当我们在车站，在码头

只要孩子熟睡了，母亲都会用

一双慈祥善良的眼睛，目不转睛

盯着她的孩子，盯着她的杰作

甚至百看不厌，越看越可爱

因为孩子是她生命的延续

因为孩子是她今生最大的荣耀

世界上有很多很多感人的故事

唯独母爱的故事最感人

为什么我常说在母爱的长河里

永远流淌着无私，流淌着善良

流淌着牵挂，流淌着倾其所有

当一个孩子生命垂危，奄奄一息

第一个站出来献血的是母亲

第一个站出来捐肾的是母亲

如果是其他人，可能还会经历

短暂或者长期的思想斗争

可是母亲永远不会犹豫，她站出来

或者说她跳出来，不假思索

不由自主，这就是母爱本真的一面

这就是人世间浓浓的大爱

因为自从你一出生，母亲就把你

视作她生命的一部分，看似身体

已经分开，但心却一直相连

我们总是要求这个世界

这样对等，那样对等，在母亲

爱的海洋里，能找到对等吗

在母亲爱的海洋里，我们只

找到了惭愧，找到了懊悔

找到了无地自容，找到了羞愧难当

如果按照当下的说法

养儿就是为了防老，老人把我们

从小抚养到大，为时约有

二十年，付出的心血，谁人不知

到她老了，已经要求很少了

也许就是一碗稀饭，一碗面条

能出去走走，散散步，可爱的子女

能抽出宝贵的时间，打打电话

或者再奢侈一些，一起吃个饭

说说话，听听父母的唠叨

他们就已经心满意足了，也许

就是你的一个电话，一次和

父母的饭局，一次听父母的

唠叨，都会让他们激动

半个月，余音绕梁，三日不绝

每当父亲节或母亲节

或者其他节假日

我们给父母买了一件衣服

或其他礼物，他们都会视若珍宝

逢人就夸，不亚于他们参加比赛

得到了最大勋章，请你记住

你给父母买的任何礼物

在他们眼里，都是你颁给他们的

最大的荣誉勋章，他们会珍藏永久

无论这礼物价格多少，已经

不重要，献给父母的所有心意

都是无价之宝，根本无法用金钱

衡量，金钱不是孝心的

唯一衡量，而真心却是永久的天平

我写母爱要带着浓浓的爱去写

我能不爱我的母亲吗

我能对我的母亲没有感情吗

那么想写母亲，怎么要到

写的时候却哑口无言

是对生我养我的母亲感情淡了吗

还是对母亲有所嫌弃呢

写出来只有一种理由，那就是

母亲生养了我，这种爱这种恩情

必须报答，写不出的理由

有一千条一万条，那就是

你不想写，或者不愿写

不要轻易原谅自己的

无知和鲁莽，不要为自己的惰性

寻找各种理由

生命是用来奋斗的

那就从写好母爱开始

把奋斗的琴弦尽可能地绷紧

就算是把琴弦绷断

那也是把生命还给了母亲

物归原主

我们有一千条一万条理由

可以写不好母亲，但找不出

一条理由不写母亲

母亲是我们的一切，但最起码

最基本她就是我们的根

有这个根，就有我们的主心骨

有这个根，就有我们灵魂的去处

有这个根，我们永远不觉得孤单寂寞

有这个根，让我们做起任何事情来

全身都充满使不完的干劲

如果说一个人要爱社会

爱党爱祖国，那就最起码

先要爱母亲爱家庭爱朋友

爱父母是人世间最纯洁的爱

最无私的爱，最真诚的爱

最高尚的爱，只有先爱父母

才能爱家庭爱朋友

才能爱党爱祖国

这是一个不变的真理

第六辑

梦中的你，

依然

轻盈美丽

今生遇到你

今生遇到你

是我的福气，是我的善缘

无论怎么说

内心都有很多要说的话

最让我感动的

依然是你的宽宏善良

你的胸怀像宽阔的海洋

虽然你不善言辞

但你的心灵

却像世界上最美的花朵

今生能遇到你

让我发自内心

由衷地庆幸和欣喜

遇见一个人

也许这个人今生就是带着

某种任务，某种使命

向你靠拢，向你走近

她成全了你

你也成全了她

彼此都是最好的遇见

彼此都是今生的缘分

缘分到了

躲都躲不开

这不是唯心

有时候，就这般神奇

其实，一切都是见怪不怪

遇见，就是最好的偿还

遇见，就是最好的报答

有些人，遇见了

注定让你今生铭记

这是善意的铭记

这是感恩的铭记

虽然一切是那样的巧合

是那样的说不清道不明

但真真切切，一切却发生了

本没有让友谊之树

枝繁叶茂，绿树成荫

但这棵树却出奇地争气

一直茁壮成长

也许是两个人的默契

心照不宣，心心相印

以至于友谊之树

好似冲天巨浪

发狂似的不断疯长

有时候，人和人相识

就是一种命

就是前世的缘分

能说得清，就是一种巧合

说不清，永远都是一种神秘

无论是哪一种

都让我每天快快乐乐

享受着这独有的宁静和甜蜜

我很珍惜目前这个缘

这个缘，圆了我的梦

让我的初心随时闪耀着光芒

让我随时做好冲锋陷阵的

准备，能有今天

能取得今天的成绩

我发自内心地感谢你

感恩你，有你的关心和帮助

是我的福气，是我的欣慰

否则，我将什么都不是

遇见你，是我人生的机遇

也许漫长的一生

会有很多机遇

而唯独这一次机遇

让我刻骨铭心，终生难忘

因为你的大度，你的宽容

你的善良，你的无私

成就了此时此刻的彼此

虽然我只是一颗含苞待放的

花蕾，一株即将破土而出的

禾苗，也许我只是一棵

弱不禁风的小树，但我在

一天天长大，终有一天

我会成长为参天大树

用我全身的阴凉，为我所爱的

人们，遮风挡雨，遮阳避暑

终有一天，弱小的鸟儿也会

渐渐羽翼丰满，飞向蓝天

会有这一天的

一定会有这一天的

这一天的到来，是我们共同的

期盼，是我们共同的追寻

为了这一天的到来

我们热火朝天，斗志昂扬

我们全力以赴，夜以继日

要想感动别人，首先就要

感动自己，不求天，不求地

我们一直在努力感动着自己

我们一直被自己的努力所感动

今生遇到你

让我没日没夜，心存感谢

心存感激，也许这一切是你的

真实，是你的善良，也许

完全出自纯真，但却深深地

无时无刻不在感染着我

激励着我，知恩图报

对你的感谢，贯穿一生

没齿难忘，举起浓情蜜意的酒杯

共同庆贺今生的缘分

为成功胜利干杯

为我们永远牢不可破的情意干杯

为今生的遇见，喝他个一醉方休

就是醉了，也要在梦中无数次

把你念叨，把你叮咛

把你永远牵挂，把你时时想起

梦中的你，依然轻盈美丽

万籁俱寂，夜深人静

一连几天的睡梦里

你羞羞答答总是在躲藏

重复着往昔难忘的回忆

捡拾着过往的幸福和甜蜜

是我欠你的太多

到梦里来索回往日的情意

还是我们缘分再延续

重拾昨日美好的回忆

梦中的你，往昔的你

依然轻盈美丽

还是那般让人流连忘返

还是那样让人不忍舍离

只因缘分已走到尽头

情既已断去，不得不把

情感的脐带，狠心割离

虽然不曾相见

也很难在大街小巷

某个不经意的瞬间

意外相撞，视而不见

那是我们不想将伤痛

再一次呈现在彼此眼前

你是我生命历程中

不可或缺，极为难忘的一页

虽然伤心，默默落泪

但彼此共同经历过

岁月的洗礼，生活的润泽

生命中每一段精彩的历程

都是极为宝贵的回忆

不为先前的孰是孰非

而心存痛疾，常留心扉

既已过往，都幻化成

日月雕琢出最精美的活化石

虽然彼此很少联系

祝福和问候，却常在

心中最温暖的地方藏起

不想让平静的水面

再荡起往昔忧伤的涟漪

只想让深藏心中的美好

能永远平静幸福美丽

爱 情

说到爱情

顿时让我浑身激动

她像一道闪电

照彻了整个天空

她像雨后的彩虹

将天空渲染得很浓

她像嫦娥奔月

仿佛为爱情插上

腾飞的翅膀

自古至今

爱情的话题

充满了美妙

充满了神奇向往

充满了浪漫幻想

爱情

让平淡的生活多姿多彩

爱情

给了我们战胜困难

无穷的力量

爱情

让我们一往无前

欲罢不能，奋不顾身

爱情

让我们体验到

什么才是烈火金刚

什么才是生活的芬芳

爱情，是久旱逢甘霖

爱情，是浪漫如炊烟

爱情，让人们神魂颠倒

爱情，让人们迷失方向

爱情，让人们看到希望

爱情，让困难远走他方

爱情，神圣而伟大

让多少热血男儿

为她赴汤蹈火，远离他乡

烈火硝烟中的爱情

彰显着无私的崇高和坚强

为了心中的向往

为了祖国的明天

将烈火般的爱情

在血与火的战场

锻铸成钢

他们用宝贵的生命

点燃爱情的火焰

他们用浓浓的鲜血

表达着对党的忠诚

表达着对明天的坚定

表达着对信念的赤诚

革命者的爱情

没有花前月下

那么浪漫，那么芬芳

那么让人充满向往

但他们却用鲜红的生命

为我们今天的幸福生活

披上了节日的盛装

增添了甜蜜和梦想

花前月下的爱情，固然甜蜜

烈火炙烤过的爱情

却更让人肃然起敬

崇高而神圣，伟大的爱情

常常在烈火硝烟中产生

常常在风起云涌中绽放

崇高的爱情

始终为伟大的信仰而生

在革命大潮中意志坚定

无数志士仁人

为什么要用鲜血绽放爱情

就是想让和平树下的爱情

更加甜蜜，充满芬芳

这是他们的初心

这更是他们舍生取义

伟大的理想，斗争的方向

身处和平年代的我们

让爱情的花蕾悄悄绽放

我们在享受着爱情的

甜蜜芬芳，可曾想起

今天的幸福生活来自何方

爱情让我们充满无穷干劲

爱情让生活吐露芬芳

爱情让年轻人朝气蓬勃

全身散发出滚烫的激情

爱情让老年人返老还童

年轻的心态，从未停止过对美

大胆追求和向往

爱情是永远不老的话题

每个时代都演绎着爱情的芳香

不老的神话和传奇的梦想

每一个人，都有一部爱情故事

或酸，或甜，或苦，或辣

冷暖自知，悉心珍藏

无论什么滋润，都是一段

令人难以忘怀的过往

爱情是一个浪漫的话题

没有绝对的谁对谁错

在时间的浸泡下

在岁月的过滤中

一切都会磨砺成

流光四射的雨花石

那般珍贵，那般难忘

似串串珍珠

镶嵌在人生的履历上

流淌在生命的长河中

永远闪烁，永远发光

让爱情的芳香永远飘荡

写给对面的你

自从与写作结缘

我就慢慢喜欢上了书店

在书店看书的这些日子

让我的生活这般惬意

这般充实，甚至还有些甜蜜

说甜蜜，那是因为对面

有一个不认识的你

你坐在那里很认真地学习

而我却不由自主不断地

把你偷看，把你细细欣赏

而你却一点都没有发现

我像个采花大盗似的

不敢光明正大，只有偷偷摸摸

在你的对面，写下我的感想

写下我的拙见，无论写得如何

却始终不敢拿给你看

不是水平的高低，而是我

不断地侵犯着你的私人版权

写给对面的你，而你却

全然不知，蒙在鼓里

我怎可无意挑明，就让这神秘

这般保留下去，保留在我心里

既然决心写给你，我就要把

心中的话，向你倾诉，向你告知

虽然我们萍水相逢，但能在

书店的桌子前，对坐在一起

首先为我们的缘分干杯

十年修得同船渡，百年修得

共枕眠，虽然我们不可能

有这么深的缘分，但有幸遇见

让我们彼此祝福，在祝福的

阳光里，结满累累硕果

盛放出心照不宣的迷人芳香

相遇，成全了最好的彼此

你是我的钥匙，我是你的锁

你用钥匙开启了一扇幸福之门

我用甜蜜之锁，锁住了你

一颗温柔之心，再好的钥匙

没有锁的陪伴，永远形单影只

再好的锁，没有钥匙的开启

永远也无法打开幸福甜蜜之门

你和我，相识相遇，成全了

最好的彼此，天空可以做证

日月可以证明，星辰可以做证

自从我们相遇，你的温柔

你的善良，医治了我的

火冒三丈，你的宽容大度

填满了我狭隘的心房

你将我驶上了快车道

让我一路向前，追求美好

最打动我的，不是你美丽的外表

而是你冰清玉洁的心肠

你的内心，纯洁如清泉见底

你的善良，难以用天平来衡量

你的笑容灿烂美丽，就像一朵朵

盛开的牡丹，满山遍野

四溢芳香，你的笑声，震碎了

我的心窝，醉倒了我的心房

自从与你相遇，我开始慢慢

变得活泼开朗，不苟言笑的我

也开始满脸堆笑，本就不大的

眼睛，笑起来就眯成了一条缝

笑是会传染的，你把灿烂的笑容

传染给了我，传染给了幸福

传染给了大度，传染给了自信

传染给了健康，传染给了天空

我真的应该好好感谢你

你给了我，这一切美好

用金钱都难以买到，这一切

美好品质，这一切美好习惯

为我以后的人生之路

铺满了幸福，洒满了雨露

让我顿感，生命竟如此美好

充满诗意，充满甜蜜和希望

我喜欢沉思，经常也会想想

人生的来龙去脉，不免也会

抒发一些感慨，体会

每次你都认真朗读，增强了

我的自信，增强了继续坚持到底的

决心和勇气，你是我的第一个

忠实读者，无论你朗读水平是高是低

都为我的作品，沐浴了第一道阳光

爱学习的我，也感染着你

同化着你，影响着你

你也养成了爱学习勤思考的习惯

有时也会涂抹几笔，水平也竹竿拔节

日渐长进，学习让我们情趣相投

学习让我们心心相印，学习

为我们做着嫁衣，学习把我们

牢牢相连，捆在一起，永不分离

积极追求上进的春风

刮进你的耳中，吹进你的心窝

你也不断调整努力的方向

把新的打算制订，把人生

规划设想，不想让宝贵的生命

随风飘向无聊和彷徨

不经意的相遇，怎么就这样凑巧

充满传奇，仿佛上天有意

安排你来帮我，走向美好

走向成功，实现初心和梦想

不经意的相遇，为彼此埋下了

一颗生根发芽的种子

情意在不知不觉中渐渐长大

幸福在岁月浸润中愈发香甜

默默在心里，念叨百遍

不能辜负时光老人的馈赠

不能辜负生活不期而遇的擦肩

把难得相遇永远珍藏心间

让难得相遇的芬芳和浪漫

洒满人生每一个青翠欲滴的黎明

洒满人生每一个繁星满天的夜晚

写给远方的你

好久没有问候你了

一切还好吗

带着深深的歉意

向你表达迟到的祝福

不知这样做

是否会在平静的水面

荡起一丝涟漪

生活中的错与对

是否一定会那样泾渭分明

当初的决定，是否会

深深刺伤你脆弱的神经

不愿意欺骗内心

也不愿意给你不真实的幸福

那样的伪装，那样的虚伪

做不到，因为骨子里

不曾生长自欺欺人的毒瘤

虽然不曾通信

也少了很多问候

但并没有把当初一切美好

在心里吹散，所有的经历

都是生活的馈赠，都是

命运的安排，一路走来

风雨兼程，留下了回忆

不知你是否也会偶然想起

你在另一座城市生活

那是家乡的宝地

一方水土养一方人

朴实厚道，纯洁善良

是你身上永久的闪光

就凭这点，无法把你忘怀

无法把你从记忆深处遗忘

当初你时常身体不好

现在是否会有所好转

对你难得有很大帮助

只能把心里默默的祝福

遥寄给千里之外的你

愿你身体，如同美好心灵

永远善良，永远健康

远方的你，善良的你

是否会有心灵感应

文字的温热，是否能够传递

我的问候，我的祝福

路也漫漫，情也悠悠

人生之路还很遥远

愿幸福之花能开满心间

愿情义之花永久芬芳无边

最大的麦穗

在寻觅爱情的历程中

在探寻红颜的征程中

我们在用全副身心

从事世界上最浪漫的旅程

爱情从来都让人着魔

爱情从来都让人心慌

我们用一生探寻爱情真谛

我们用一世把爱情尺度丈量

记得有个刻骨铭心的比喻

把爱情比作在经历一片

麦穗的田埂，寻找最大麦穗的

过程，这条路一眼望不到头

而且不能重走

沿途路过，也许有着

最大一棵，可我们依然

不敢贸然下手，总想着

一定有一棵心爱的麦穗

在为不知情的自己

做着最后痴情的守候

只可惜，愈往前走

愈后悔自己没有将最大的

一棵及时摘下，揣入囊中

这种情况愈演愈烈，以至于

大龄男女总是高不成，低不就

无法步入幸福的殿堂

错识，错过，寻觅的失败

路过，看过，选择的裂痕

都让我们深深认识到

爱情之路上的主导思想

何其重要，为何必不可少

最大的麦穗，也许随时拥有

也许总会遇到，也许就是一个

并不存在，幻化美丽的泡影

可我们总是用完美的尺子

将它丈量，将它测算

沿途一路走过，终于明白

没有最大最美的麦穗

只有合乎自身实际的麦穗

才是陪伴人生幸福的

最佳选择，最优途径

总有一缕芳香为你绽放

我渴望幸福

正如我渴望阳光

奔跑的路上

总会有鲜花盛开

在奔向幸福的跑道上

鼓足勇气，一往无前

因为处处都有盛开的鲜花

在默默陪伴，在悄悄送暖

生活原来这般惬意

爱情原来这般温暖

为什么要抱怨天气呢

心情好，每天都是好天气

对待生活，除了热爱

就是万般珍惜

试问，你有浪费生活的权利吗

面对不顺，面对逆境

不可怨天尤人，一切暴风雨

总会过去，总会烟消云散

而后到来的，一定是个

晴朗的天空，所以说，暴风雨

只是暂时的，美丽的彩虹

是任何力量都阻挡不了的

只要耐着性子去等，会等来的

一定会等来的，时间为你做证

大自然，是何等可爱

何等让人留恋，径直朝前走吧

一定要相信，绝美的景色

就在不远处的山那边

没有欣赏到美景，那是因为

我们还不够卖力，攀登

不够高远，绝美的风景

一定在遥远的山巅，等着你

前来驻足，前来观赏

总有一缕芳香为你绽放

请你相信，生活不会亏待

任何一个为它默默努力的人

命运也从不会让柔弱的小草

惨遭暴风雨的洗礼

只有你倍加热爱多彩的生活

生活才会以双倍的劲头和热情

来更加热爱你，更加芬芳你

因为生活从来不愿意丢下

任何一个有情有义的人

总有一缕芳香为你绽放

要永远相信生活一定很美

永远都是美的，时时刻刻

都是美的，不是不美，只是

你没有用心感受，不信

你可以抬头看看蓝蓝的天

可以深情抚摸多情的大地

只要心中有无限的激情与活力

生活中处处都会呈现出多彩的贝壳

生活中处处都会流淌着

炽热的爱，情感的暖流

我和冬天有个约定

在阳历年的岁末年初

我和冬天有个约定

说好的今年冬天不再寒冷

因为我们心里生着火炉

因为我们情感炽热如火

我和冬天有个约定

说好的今年冬天

很想去哈尔滨看看冰灯

看看雪展，玩一把堆雪人

打雪仗，仅就这一愿望

好多年都未曾实现

我和冬天有个约定

当第一场雪来临时

我一定尽情奔跑张扬

雪来得太难了，太不容易了

北方的雪，何时能够慷慨大方

也让南国蓉城能够成为

雪中仙子，披上节日的盛装

我和冬天有个约定

只要能痛痛快快下场雪

我就带上最大的行李箱

把满地的雪花，盛满装下

不让任何人抖落树上的洁白

不让任何人把雪花随意践踏

满地的雪花，是一种美

洁白的美，诗意的美

雪花，给人以纯洁简朴

雪花，让人想到悲壮哀伤

雪花，纷纷扬扬，轻轻飘下

把天空中所有的美，凝聚坠下

我和冬天有个约定

想让来年有个好收成

想让双喜临门的新郎新娘

欢天喜地，百年好合

想让春天的芽儿，吐露芬芳

想让天空的燕子，展翅翱翔

我和冬天有个约定

希望新的一年个个心想事成

家家和和睦睦，恩爱团圆

伟大的祖国天更蓝，海更阔

人民安居乐业，幸福安康

世界平平安安，永远没有纷争

大家共同拥有一个和谐的星球

永远让文明友善的大旗

迎风招展，高高飘扬

心中的云彩

有时，看着天上的云彩

花团锦簇，像盛开的莲花

在天空随风飘荡

看着一朵朵云彩慢慢移动

我多想拽住一朵云彩轻轻地说

您慢些走，可否与我牵手

云彩没有听见

她依然自顾自地向前奔跑

她似七仙女下凡光彩照人

我循着她的足迹紧紧追随

她还是那般悠闲宁静恬淡

仿佛没有看见我疲惫的双腿

云彩，高高在上

高不可攀，可我依然奋勇向前

云彩，高贵华丽，有着迷人的底蕴

成为我心中幸福的牵挂，美丽的忧伤

说什么也难以把她从我心中遗忘

虽然她对我不理不睬，视而不见

对她的执着，对她的追求丝毫没有怠慢

单相思的热望时时炙烤着我的梦想

多少次想撒手不管，随她远去任她飞翔

可放下的手又不由自主伸向远方

对云彩的依恋为何这般日思夜想

因为我也有着对美丽天空的向往

我放飞的心儿伴着云彩翱翔蓝天

置身其中才知梦想为何这般让人留恋

我和云彩交流着相伴着依偎着甜蜜着

使劲地拽着时间的裙摆暂时不要前行

可醉人的时光依旧前行

一觉醒来才知所有甜蜜都是梦的回放

追求了很多次，梦想了许多年

一片一片的云彩都随着如意牵手相伴

看着他们幸福甜蜜嬉笑缠绵

我又一次不经意抬头睁开疲惫的双眼
身随心儿还在苦苦追寻心中的云彩
不知何时能花落心中让我事遂人愿

是我不够优秀不够能干还是诚心有限
我拖着一颗疲惫的心奔跑在追梦路上
大片大片云彩难道没有一朵为我绽放
我就不信幸运女神为何这般姗姗来迟
是考验磨炼，让我勇敢向前
最美丽的云彩却时时绽放在我的心田

让真爱生根发芽

当爱的激情不再

无法说服内心

爱的激情，已渐渐告退

爱的涟漪，已不再浮现

当初的爱，当初的

信誓旦旦，一切都变得

极其虚弱，不堪一击

爱是一种激情，更是

一种责任，一种担当

最长久的爱，不是容貌

不是身材，不是皮肤

不是物质的富有

不是绫罗绸缎的包裹

不是海珍山味的品尝

真正的爱，是发自内心

是对彼此的忠诚

是对爱情的信守

是相信这个世界

还有爱情，还有真心

还有无怨无悔的付出

还有，就算有一天

你负了我，我依然

还在爱着你

真爱永远存在

偌大的世界，美丽的人间

怎会没有真爱

真爱润物细无声

悄悄生长，默默付出

不让你知晓，当你

有一天神奇发现

真爱一直伴随，从未迟到

从未缺席，鲜花和掌声

送给感动的你

亲爱的，我在甘孜等你

为了工作

我来到甘孜

虽然生活上困苦

但我精神却很富有

因为有你牵挂

因为有你相伴

虽然你不在身边

但我时时感知着你的温暖

你是我精神的依靠

你是我梦想的家园

我们不能共枕而眠

短暂的别离

酿造着浓烈的相聚

我绝非忘恩负义

我要把浓烈演绎到底

在最炎热的季节

你给了我清凉甜美

成都正是三伏酷热

甘孜已经酷似秋天

我躲过了三伏

却躲不过你的牵挂

亲爱的，说好的

我先打好前站

等我把这边一切安顿停当

我就会让你过来

一起把甜蜜温馨进行到底

雨中的婚礼

蒙蒙细雨中

远处的婚礼，如期举行

细雨挡不住婚礼的甜蜜

细雨遮不住婚礼的热情

蒙蒙细雨，淅淅沥沥

是天空的感动

为你们的真情永远

为你们的海誓山盟

亲朋好友，齐聚一堂

打着雨伞，身着雨衣

也要把婚礼的气氛

推向高潮，推向心窝

是啊，一辈子就这么一回

能不幸福吗，能不激动吗

雨落在身上，那是忠诚的倾诉

那是幸福的流淌，那是

水到渠成，那是相爱永远

孩子，请携起手来

勇敢地把新娘拥抱亲吻

从今天起，她就是你的一切

她就是你一生的幸福甜蜜

她就是你坚实的依靠

她就是你事业的助推器

孩子，此时在雨中

最感动最心动，应该就是

细雨中的父母，你们

今天喜结连理，是父母

深切的期盼，湿润的眼中

满含幸福的满足

孩子，再细细看看

亲戚同学朋友，齐聚一堂

他们冒雨前来，为你们

百年好合，送来祝福

恭贺新喜，你们的幸福甜蜜

洋溢在每一个人心中

连天空都为之感动，为之动情

喜结连理，百年好合

茫茫人海，携手同行

这是前世修来的福分

这是今生忠诚的永恒

让淅淅沥沥的蒙蒙细雨

为婚礼做证，祝福你们

永结同心，白头偕老

相爱永远，情深笃定

爱着，却无法声张

自从你来单位的第一眼

就觉得你很不一般

刹那间就让我心神迷乱

你很内秀，从不言语

而包裹着的真正纯洁

却在你的心灵生长绽放

你的美，完整无缺

腼腆纯真可爱

一朵含苞待放的花蕾

不经意间在我的眼前晃动

是那样的不期而遇

是那样的让人为之一振

爱着，却无法声张

碍于世俗，碍于脸面

我始终无法声张

微微张开的嘴

却被思想禁锢

堵住了欲言又止的舌头

我不想生活在

别人的闲言碎语中

也不想让别人在背后

说三道四，议论纷纷

更不想成为别人

闲暇之余，调侃的对象

唾沫星子其实很轻

如果汇聚在一起

也许会成为是是非非的聚散地

也许会成为无中生有的山间小溪

不是我胆小不敢去爱去恨

因为有些爱从一开始

就注定只会永远在心中

默默开花，悄悄结果

就这样默默地生长

也没有什么不好

不打扰，不惊动

也许就是最好的生态平衡

有些爱注定是用来欣赏的

不用想着有一天

这种爱就只供一个人

独自欣赏，单独品味

非要想入非非，据为己有

移植到不适合的环境

也许枯萎得更快，如果说

看着就是一种内心的美

也许这种美更长久更稳固

也许这种爱更温馨更浪漫

浮萍的爱

缘分让我们不期而遇

缘分让我们相遇同一辆车

就这样一直坐着

就这样一直向前

什么也不说

要说的全在心里

真正的爱

是不用说的

永远埋藏在心里

在心里开花

在心里发芽

在心里茁壮成长

在心里绿树成荫

只有生长爱情的地方

才会有鲜活的爱情

并不是我心里没有你

你装满了我的心里

只是碍于世俗

我只能心照不宣

说什么好呢

最好的语言就是无声

最好的表达就是无语

爱情永远是鲜活的

她就生长在我们心间

我一直惦记着你

自从第一眼看到你

你就深深住进了我心里

正如人们看到喜欢的物品

就站在那儿

再也迈不动腿

我不知道这种感觉

是否可算一见钟情

只是觉得内心很甜

就像好不容易

抓住了一棵树

一棵心意的树

一棵幸福的树

爱情的甜美

胜过世界上任何佐料

遇到了就幸福甜美

有些爱情注定是用来看的

正如现实中的彩虹

正如现实中的云朵

正如一朵美丽的泡沫

能看到就很不错

这已经超乎了我的预想

因为现在近在咫尺

因为现在就在身旁

爱情的甜美

还在于她会给人以力量

她白天给，黑夜给

无缝连接，浑然天成

这么大的力量

怎能不让人激动

这么大的动力

怎会不让人兴奋

就想用这种力量

撬开地球，撬开所有的坚硬

此时此刻的爱情

是无声的沉默

因为有些爱

注定只能在内心生长

不便于声张，也不能声张

一口气吹出去

肯定就找不到踪影

触摸不到，也许更美

不要声张，也许生命更长

既然注定只能生活在水中

为何还要将她移植空中

也许当下存在的状态

就决定了她长久的美好

花前月下的人们

花前月下的人们啊

你们是多么幸福

我也置身于花前月下

和你们一同徜徉着

花前月下的幸福美好

看着古城墙下

来来往往、川流不息的行人

看着波光粼粼的河水

看着游船上坐着的人们

看见你们的笑脸，看见你们的

悠闲，我为你们高兴，为你们

甜蜜幸福，为你们洋溢美好

朋友啊，你可曾想到

在这些幸福生活的背后

在这些情意绵绵醉人心扉的背后

又有多少人，为了我们今天的

幸福生活，在流汗流血

不能不想这些啊，不想这些

心中会隐隐作痛，不想这些

就像是欠着良心的账

心中会时时感到自责

花前月下的人们啊

可以尽情享受着今天的

无穷无尽的快乐幸福

但任何一种幸福甜蜜美好

总会有根源，总会有生产

这些幸福快乐的动力源

无法麻木，无法忘本

无法糊涂，无法不溯本追源

花前月下的人们

有幸福甜蜜的权利

但我们也有创造

这一切美好的义务和责任

我们在享受着这一切，我们是

享有者，更应该是制造者

一切的幸福，一切的美好
如果不追本溯源，就像大自然的
宝藏，只会愈用愈少，为了
这美好资源永不枯竭，永远富足
我们就要学会感恩，这样才会
在花前月下，更幸福更富足
花前月下的人们，才会
更美丽，更漂亮，更惹人心醉

善良随苦难去了远方

名叫婉君的女孩

永远地去了

在经历了无数病痛折磨

已经走到了病痛

能够忍受的极限

她默默地去了，永久地去了

不愿告诉身边任何一人

到了生命的最后时刻

她都把善良恪守心中

听到朋友传来这一消息

我呆若木鸡

久久不愿相信这一消息

是真的，可能听错了

但事实，我却无法违背

朋友为什么要哄我

朋友为什么要隐瞒我

我实在不愿相信

婉君去世的消息是真的

她这么善良的女孩

怎么会去世呢

她还很年轻啊

人生只度过了

短短的三十五个年头

正值青春年华

怎么说也不应该

走得这么突然

好人都应该有好报

她是出了名的善良

但她却受了很多年的苦

她周身有很多病

脾和肾，一直都不好

特别是脾，更为糟糕

医生诊断要做手术

可能由于费用昂贵

超出了预先的想象

由于家贫，无力支付

眼睁睁看着疾病来袭

无力回天，善良的她

做了命运的俘虏

对于婉君去世的噩耗

似乎有着很强烈的预感

炎夏七月，直奔古城

总想一探究竟

多方打听未果

今天终于得到消息

婉君去世了，婉君与

人世间的我们

永远地永别了，永远地

阴阳相隔，无法再见了

短短的时间内，人生的

阴阳相隔，竟是如此之快

有常中包裹着深深的无常

有常中镌刻着无穷的千变万化

生命竟是如此脆弱，不堪一击

生命竟然如此迅速

如白驹过隙，快如闪电

想到了婉君，想到了苦难

想到了善良，想到了

千古不变的温柔

这样温柔善良的女孩

短短几年，好似在经历

人生的磨炼，苦难不幸

接踵而来，猝不及防

一切一切，永远无法预料

实在无法想象，在这次

生命重大考验面前

婉君败北了，也许在生命的

最后时刻，她带着对生命的

万般不舍，对生命的万般留恋

不忍舍离这宝贵的人间

但最终，她输给了健康

她输给了疾病，在三十五岁的

黄金年龄，她离我们永久地

远去了，远去了

这么一个善良女孩

在生命的最后时刻

她究竟在想些什么

双手合十，一定在内心

念叨着什么，保佑着什么

她是善良的，纵然在生命的

最后时刻，她都不愿将噩耗

她都不愿将不幸，让朋友

知晓，让朋友黯然神伤

实在无法想象

一个人在生命的最后时刻

在生命的弥留之际

想得最多的是什么

还有什么想说的话

她把这一切言语

都交给了大地，交给了天空

交给了满天星斗

交给了会说话的月亮

此刻的心情，痛苦迷惘

彻夜难眠，辗转反侧

有时候想着一个人

为什么会过得这么苦

为什么要经历这么多的苦难呢

还是生来就欠前世的苦难

来人间一遭，难道是来还账的

之所以这么拼命地写作

就是想给已故的亲人朋友

能够有所慰藉，有所报答

生命已然远去，无力挽回

唯有倍加珍惜，更加勤勉

才是对逝者更好的纪念

更好的追忆，更好的缅怀

错失的缘分

生活在这座熟悉的城市

每走一处都会勾起

往昔残存记忆深处的回忆

是香甜，还是苦涩

个中的滋味，只有自己

独自咀嚼，慢慢品尝

也就在这个熟悉的地方

好心的朋友，给我推荐了

一位如花的姑娘

我稍做收拾，匆匆而往

见到的第一面，她的外表

很是打眼，有些不一般

彼此把情况介绍

谈了一下以前的情况

在短暂的时间段

大家有了初步认识和了解

陪她一起前来的姑娘

是她的知己或同事

之后进行了电话交谈

不知何故，总也没有

擦亮爱情耀眼的火花

时间久了，就不了了之

你不热情，我不主动

爱情的蓓蕾，哪会经受

这样不痛不痒的折磨

慢慢地走向了枯萎的边缘

像这样的交流，像这样的相聚

印象中有很多次，错失的缘分

就这样无休无止地重复

不想在这个旋涡里翻滚挣扎

只想有个心爱朴实善良的姑娘

把人生爱情之路，一起续写

一起构建一个和和美美的家庭

错失的缘分，让我懂得反省
为何会在爱情之路上跌跌撞撞
为何会在爱情认知上踌躇鲁莽
思想认识上的误区，务必清除
心怀爱情美好，蓝天为你做伴
把对爱情的真挚，书写在心灵
迟到的玫瑰，就会在感动中
缓缓而来，与你相拥

故事在彼此心中生长

每一个人都会讲故事

会讲别人的故事

也会讲自己的故事

别人的故事

我们讲得绘声绘色

自己的故事

更是富有真情实感

我们一直都在

书写着自己的故事

我们的故事

永远生长在别人心里

每一个人，都有一串

真实而感人的故事

我们是故事的主人公

我们总是把故事演绎得

很美好，演绎得淋漓尽致

几乎找不出任何差错

我们在写故事，在讲故事

美好动人的故事

就生长在彼此心中

也许有一天

我们没有在一起

或许很久没有再见面

但有趣美好的故事

依然在发酵，依然在生长

生长在我们心间

生长在我们心田

我们都是这个剧本的主人公

故事一直在延续，在深入

故事让我们感情连得很紧

我们在讲着彼此的故事

我们也在演绎着

永远也演不完演不够的故事

故事离奇曲折，充满真挚

在故事的演绎中

到底是生命长，还是故事长

有时候，故事还没讲完

主人公就身不由己地离场了

生命走在了故事前面

我们在演绎着故事

讲着当代现实的故事

别人也在讲着我们的故事

我们也在讲着大家的故事

仿佛我们都是讲故事的高手

我们又都是这个故事中

不可或缺的主人公

人在故事中畅游

故事在人心中流淌

人和故事，故事和人

永远融合，永不分离

故事把人和人，拉得很近

人和人，交往交流

也把故事讲得很精彩

我们永远都是讲故事的人

总是力求把故事讲精彩

我们都是故事的主人公

在人生的舞台上

在社会的大背景下

我们的故事

不断传承，不断更新

不断让生命

闪耀着光芒，绽放着辉煌

第七辑

心中有话 对 你说

夜深人静

夜深人静之时

思维就像在跳舞

灵感迸发，异常活跃

是夜空的恩赐

还是上天的怜悯

到了这个时候

还在把热爱拥入怀中

夜深人静之时

想了很多很多

人的一生，究其实

有多少个夜晚

在催促着我们早日入眠

我们孤枕难眠

辗转反侧，夜不能寐

我们在思考，慎独

在与自己对话

在把心灵晾晒

夜深人静，让我们

触摸到了真实的自我

让我们猛然警醒

人生有一百种，甚至

一千一万种活法，而我们

却选择了目前这种

看得见，摸得着的实际活法

活法无法对比，无法复制

是自己的选择，更是一种

命运的安排，我一直

在夜深人静之时

奋笔疾书，把梦想紧紧追随

热烈拥抱，虽然时时感到

有些自不量力，但若不

拥有这个单纯简单的梦想

我还能做些什么呢

经历了这么多事

熟悉了这么多人

我时时在细想

怎样才算是给命运一种

最好的交代，最好的选择

怎样活着才更加无愧于心

怎样才能让自己永远

跟着心走，而非一叶飘零

总也摸不着前行的方向

夜深人静，万籁俱寂

多么美好，多么惬意

晚上的静思夜想

是为了明天能走得更稳

走出更切合自身实际的道路

不想白白辜负这夜晚的美丽

也只有在此时此刻

才感觉到一天中的

最美好，最幸福，最温暖

因为此时的我，才是

真实的我，我才拥有

广阔无垠的自由空间

拥有夜深人静

就拥有了美好的一天

该是盘算，该是清点

更是展望，更是信心满满

热爱生命中的每一天

因为每天都是崭新的

每天都会让人忘情拥抱

多姿多彩生命中的

最值得珍惜记忆的每一天

因为这一天，无法复制

无法重来，无法倒转

只是想在生命的单行道上

少些遗憾，少些后悔

多些欣慰，多些自豪

我们最终会留下什么

整天南来北往

置身于熙熙攘攘的人群

好像每天都被人赶着往前走

茫茫于百千万劫

我们到底最终会留下什么

留下了权力吗

权力是人民赋予

理应全心全意为人民服务

权力只有一切为了人民

一切把人民的利益看得

高于一切，才配拥有权力

如果权力不加限制

或者权力的所属

没有明确指向和认知

那权力就会像一只猛虎

得不到应有的扼制和束缚

就会伤害无辜，就会背离

全心全意为人民服务的宗旨

留下了健康吗

人生百年，总有一别

哪有永远的长生不老

再长的生命，也会有寿终正寝

那一天，理解了生命的真正意义

我们就会正确面对生命的终结

生命的终结，是辩证的胜利

是人世间天道轮回的不可逆转

对金钱的过分贪婪

让有些人迷失了前行的方向

对权力的不正当把握

把权力作为谋取私利的

有力工具，尚方宝剑

更有甚者，在权力金钱美色面前

连吃败仗，无法自拔

这难道就是人生的追求

这难道就是前行的方向

我们最终会留下什么

是一句生命的叩问

是一句真诚的提醒

不然，忙忙碌碌，辛苦一世

都无法弄清楚，我们究竟

为什么而忙碌，为什么而辛苦

这样沉重的话题

可能很多人都不愿意谈及

这么拷问灵魂的话题

谈起来就让人异常压抑

但我们不得不面临

这样的考问，这样的思索

我们最终会留下什么

既不是金钱，也不是权力

更不是健康，那到底会是什么

我们可能会留下名声

从我们呱呱坠地，降临人间

就在开始书写人生的历史

生命真正能永存的，唯有名声

好的名声，是一个人生命力

最有效最永久的传递

甚至当一个人逝去多年

我们依然还能记起他

那一定是他散发着永不磨灭的

品德，是的，品德是不朽的

我们最终会留下什么

我们可能会留下精神

精神是民族延续发展的

宝贵财富，一个国家

一个民族，怎么可以没有

代代相传的宝贵精神呢

精神，是一个国家民族

兴旺发达的魂魄

我们最终会留下什么

可能还会留下传统，留下家风

留下情操道德，留下高尚无私

这些看似看不见，摸不着

但它却能万世永续，永不磨灭

文天祥的肝胆心声，振聋发聩

人生自古谁无死，留取丹心照汗青

我们最终会留下什么

常这样想想，并没有什么不好

当我们明白了最终想要的东西

当我们清楚了最终想去的方向

我们就会一身轻松，轻装简从

再也不会为那些看似重要

实则为人生过眼浮云

而奔波忙碌，而东奔西跑

熬过去

熬过去

没有什么熬不过去的

任何艰难困苦

都是暂时的

哪有永远的艰苦

哪有永远的不幸

熬过去

就是胜利

熬过去

就是希望

熬过去

以前比这更艰难

都熬过来了

现在的这些困难

挡不住前进的脚步

只要一直在走上坡路

苦点累点

都没有什么的

冬天既已来临

春天还会远吗

心中有希望

生活就会充满阳光

心中有方向

生活再苦也会奔向芬芳

熬过去

不远的地方

生长着我们的梦想

不远的地方

让我们把多彩的生活

尽情地张扬

熬过去

一切都会好起来的

先苦后甜

现在吃的这点苦

后面会更多的甜

加倍偿还你

请一定相信

天底下任何父母

都会非常疼爱自己的孩子

熬过去

笑对明天

明天依然艳阳高照

熬过去

会心微笑

笑对每一片灿烂云彩

熬过去

仰天长叹

晴天一声霹雳

到处焕发生机

遍地生长奇迹

还有什么会属于你

人和人最终都会

走向空，走向无

无论高矮胖瘦

无论贫穷富有

无论达官显贵

还是衣衫褴褛

到了最后，都只是

火化时间长短的瞬息

最终都会成为

或大或小的一撮灰烬

一缕云烟

就连这仅有的最后的

一撮灰烬，一缕云烟

可能最后，都不一定

属于你，可能属于大地

属于天空，属于阳光

说到底，最终你将
什么也没有

唯一能有的，就是
你的思想，你的为人
你的品德，你的情操
你的道德，你的风范

这些看似无形的东西
不可触摸，无法显现
谁也拿不去
谁也夺不走
而到了生命的最后
这些精神意识，却
成为永恒，成为无价

除 非

除非你一蹶不振

否则，就永远不要醒来

醒来，也是一团乱麻

理也理不清

这个世界的忙乱

除非你是个神仙

你才不会有人世的烦恼

烦恼与呼吸一同存在

烦恼与我们结伴而行

远离烦恼，就是远离人生

除非你不是个正常人

你才会愈发痴迷

痴迷是怪才的巢穴

痴迷是疯子的温床

痴迷与疯子，迅猛结合

怪才，鬼才，就此应运而生

除非你有万千烦恼

否则，定然不会如此

迅猛下笔，笔下生风

在万般利诱下

在痛苦折磨威逼下

奇迹在疯人院里

跑向社会，奔向天空

除非你不是你

是你，你定然不会

违背诺言，背信弃义

既然前方是一条死胡同

明知不通，也要使劲猛摔

纵然粉身碎骨，也不知

把魂灵丢向何方

心中有话对你说

最近我一直感觉很幸福

那是因为母亲

来到了我的身边

母亲已经八十岁了

在有生之年，能这样

与母亲近距离地相处

感到异常幸福，异常甜蜜

人人都有父母，人人都想对

自己的父母，表达爱心

尽到情义，感恩的锣鼓

在催促着我们不能迟疑

不能再等，因为我们不想

把后悔自责遗憾，留给自己

父母，是我们来到人世

最直接的生命来源

这是根，这是本，这是发源地

你有再大出息，你有再大本事

是父母给了你生命的本体

就凭这一点，我们无法对

我们的父母，有丝毫的懈怠

父母年纪大了，耕耘了一辈子

老了，走不动了，需要休息了

人人都要经历这个阶段

人人概莫能外，对父母今天的

不敬，就像一面镜子

迟早有一天，会投射到

我们身上，时间可以做证

给父母尽孝心，是在给我们积福

他们辛辛苦苦，为了子女成长

耕耘了一辈子，无怨无悔

到了他们的晚年，天经地义

需要我们赡养，需要我们呵护

我们所做的一切，都是在给

父母还债，这笔债永远还不清

也永远还不完，就算你是

天底下的大孝子，充其量今生

还不到父母十分之一的恩情

事实上，这没有任何可比性

是因为父母给了我们的根

给了我们的心，再通俗不过

假如没有父母，哪有我们的存在

所以，报恩是对内心的积福

父母为了孩子，愿倾尽所有

只要能做到，不会有任何保留

特别是抗震救灾那些感人场面

母亲在生命的最后时刻

用生命的本能，将年幼的孩子

牢牢护在身下，犹如一尊感人的

雕塑，让那些见此情形的人

无不眼眶湿润，潸然泪下

天底下最大的爱，毫无疑问

是父母的爱，无私的爱

是不讲任何价钱的爱，是永远

不求回报的爱，是纯真的爱

这种爱，从我们出生那一刻起

不对，准确地说，从我们

在娘胎中孕育，这种爱

就已经产生，就已经生根发芽

父母之爱，从我们孕育出生成长

从我们青涩到稳重成熟有力量

一直在伴随，一直在相守

只要一想到父母，我们就全身

爱意浓浓，父母一想到我们

不是一想到，而是他们时时刻刻

都把我们想着，一刻都没有分开

我们是父母今生最好的杰作

他们倾其一生，都在雕琢

这件传世精品，认真地雕琢

细细地雕琢，这也许就是他们

这辈子的使命和担当，光荣和幸福

我们总是因为工作忙，时间紧

没有和父母悉心交流，有时候

听听他们的唠叨，也是另一种

幸福和甜蜜，只要我们愿意倾听

只要我们心中

还有党、祖国和人民

我们就要虔诚，这样

我们的内心

就会更坦然，更舒心，更温暖

我还能干些什么

无论干什么

都是对人生的一种向往

都是对命运的一种交代

都是对生命的一种赋予

人生到了这个年龄段

究竟适合干什么

究竟干什么才能做到

干得更好，问心无愧

扬其所长，这个问题

时时萦绕在我的脑际

重新提起这个话题

是在给自己认真评估

准确定位，不想让生命之花

萎靡不振，就此枯萎

在我认为，无论干什么

都是一种自觉自愿

都是一种心悦诚服

思来想去，生命不能

这样白白逝去

与其像潮湿的鞭炮

只冒虚烟，还不如硬气一些

响它个干干脆脆，痛快淋漓

究竟适合干什么

早已过了选择的年龄

就像是个一贫如洗的乞丐

能讨得一些剩饭剩菜

填饱肚子，就已满足

到了这个年龄

能重拾往日梦想

虽然基础薄弱

但毕竟在日渐提高

不断地往前走吧

就算最终一无所有

也算圆了初心和梦想

我还能干些什么

现在的状态，就是

最好的状态，最好的心情

能全力以赴，无怨无悔

做自己喜欢做的事情

还有什么比这更开心

还有什么比这更充实

给内心一个交代

无论干什么，只要认为

生命这样度过就最有意义

生活这样往前走就最值得

也就足够了，也就满足了

贪心太大，欲望太强

会让人背着沉重的

负担和压力，走得不畅快

也走得不开心，不快乐

我还能干些什么

能健健康康地活着

耳聪目明，思维正常

能跑能跳，能吃能睡

可以喜怒哀乐，尝尽酸甜苦辣

可以跌宕起伏，胸中怀抱希望

这样就已经很知足了

为什么会有那么多的欲望

生活，真的需要那么累吗

真的需要拥有超越自身

所需之外那么多的财富

那么多的不必要的行囊吗

有时候我们所累，不是别人给的

而是自己主动去捡的

任何时候，任何地方

都会认为此时的我，已经

最幸福，最开心，最快乐

最充实，所做的一切都是

自己最想做的，最值得做的

这也许就是生命的真谛

生命一回，生活一场

为何要那样委屈地活着

为何不畅快淋漓地活着

不想把无奈，交给命运

交给失落，交给怨天尤人

而是想，我手写我心

我的命运，我做主

不想成为别人的奴隶

就要趁早扬起腾飞的翅膀

早日起飞，早日搏击风云

越想贪图享乐，坐享其成

越想不劳而获，心存侥幸

最终会被命运的缰绳勒得更紧

最终会被生活的坎坷消磨意志

我还能干些什么

没有那么多的时间思考

没有那么多的机会选择

已经到了战场，除了一往无前

奋勇杀敌，拼出一条血路

还会有什么更好的选择和转机

人都是有血性的

都是为一口气而活着

不想活得压抑憋屈，那就直起腰杆

勇敢地行动起来，开弓没有回头箭

路是人走出来的，每个人都会

有一条适合自己的路，稳打稳扎

走下去，走到底，就会走向成功

面对生命红线的深思

可以说没有哪一个人

愿意生病住进医院

能住进医院的，大多

都是身体亮起了红灯

不得不为之而来

医院不是公园，不是乐园

而是治病救人的必备场所

住进医院，听医生安排

在护士照料下，做一系列

检查，然后将各种情况汇总

生命现时的状态跃然纸上

慢慢在各个病房细细观察

每个人的病情各有不同

有轻有重，有急有缓

有安排马上进行手术的

有提前进行摸底准备的

也有依据实际进行保守治疗的

无论哪种情况，都是在对生命

进行修补，对生命的车辆轮胎

进行检修维护，住进了医院

生命中的很多都活成了无可奈何

你的主动权将越来越少

你能做到的，就是密切配合

住进了医院，生命的车辆

亮起了红灯，有的短时间

就可修好，有的却需要很长时间

甚至由此慢慢走向人生终点

在这里，看到了生命的脆弱

生命的无奈，生命的留恋

虽然大家住在一起，彼此心照

不宣，但各自的病情，心里

就像一面镜子，映射着真实的

自己，特别是面对生命的晚期

无论脸上多么镇静，多么泰然
内心的激烈争斗，内心的翻江
倒海，对生命的百般留恋
也只有在夜深人静时，才能
悄悄问问自己，是深思还是安慰

在生命健康时，拼命向前奔跑
为了生活，为了生计，为了家庭
生命的发条上到了最紧，终于
不堪重负，倒下了，倒在了
工作岗位上，倒在了奔波忙碌的
劳累中，不想倒下，哪由得了你
逼迫进行各种治疗，终于向生命
健康，低下了高贵的头颅

是啊，生命何其宝贵，哪个人
愿意将生命的风帆，生命的彩霞
做短暂或长时间停歇，生命的
红灯，健康的底线，终因不堪
重负，挣断了最后一根弦
让日常的正常运转成为困难

这一切的红线，这一切的底线

在不听劝阻中与生命背道而驰

在作息不规律中慢慢埋下伏笔

在一次又一次，以后再说中

毒瘤慢慢长大，原来生命是

欠不得账的，所有的欠账

总有一天是要还的，只是时间问题

每每在这个痛苦时刻，想到了

悔不当初，早知如此，人生只此

一回，生命永远单行道，健康

无法让你永久采掘，在健康时

成为生命的无限拥有者，可以

任意挥霍支取，当健康亮起红灯

当生命进入倒计时，才恍然大悟

原来我们的追求早已本末倒置

捡了芝麻，丢了西瓜，得不偿失

年过半百

年过半百

好像这个世界

已经不再属于你

也许你并不这样认为

也许你认为自己

身体很好，耳聪目明

但身体的零部件

告诉我们，一切都在

老化，瞒得了别人

最终却哄不了自己

年过半百

就会看开许多

以前还在斤斤计较的

凡尘往事，现在一切

看起来，已不那么重要了

这个年龄，在走向人生的

后半场，人生的两场

如果上半场不尽如人意

那么下半场将没有退路

再也输不起，也不能输

年过半百

意味着我们的时间

已经没有那么宽绰了

身体的骨骼，已经没有

那么硬朗了，无论你

信还是不信，这一切都是

无可厚非，铁的事实

年过半百

想的和做的

都会和先前有所不同

一切都会走向实际

杜绝虚夸和浮躁

因为时光老人

给我们的时间毕竟不多了

我们没有浪费的权利和资本了

年过半百

让我们斗志昂扬

虽然我们可能在格斗场上

笑过哭过奋斗过迷茫过

但这一切都是苍天

对我们的考验和历练

我们在前进道路上

收获了经验成果思想

虽然人生之路无法重走

我们会绕过险滩和旋涡

把以后的路走得

更平稳更坚定更自豪

年过半百

是人生的旗帜和胜利

这是人生第二次冲锋

这是人生第二次猛攻

生活给我们的时间已经不多

我们惜时如金，快马加鞭

我们韬光养晦，咬牙前行

不想认输，不想颓废

不想被生活打败淘汰

不想被命运任意指使

想做命运的主人和强者

想在生活的浪尖上

舞出最璀璨夺目的人生

欠你的，总会还的

欠你的，总会还的

不一定是今日

但总有一天会还的

我欠着你的情

我欠着你的意

不是我不接你的电话

也不是我不回你的信息

因为我从事的工作

需要我全力以赴

需要我全神贯注

就算我如此专注

就算我如此尽心

都无法保证生产的是精品

虽然我内心对生产精品

渴望至极，无比向往

在迈向一座高峰前

我会心有所定，不顾一切

也许很难，也许很苦

表情很严肃，样子不好看

既已起步，何以再想

怎么能打退堂鼓呢

参加一场冷酷的角斗

无论对手如何

都将全力以赴

也许这个对手就是你自己

那就更应该认真对待

因为自己打败自己最难

欠你的，总会还的

时间不会太长

需要我们耐心等待期盼

也许会在春暖花开的春天里

也许会在艳阳高照的盛夏里

也许会在秋高气爽的硕果里

也许会在雪花飘飘的童话里

无论什么时候

我们都共同期待

一定不会太远

因为现时正全力以赴

用夜以继日，用黑天白夜

缩短我们相见的距离

总会给内心一个承诺

总会给情意一个期盼

所有的承诺，都不是应付

所有的期盼，都写在星空

所有的如期而至

都会在不经意间悄然而至

在未来相见的那些日子里

用热情填补过去的期盼

用酒杯共同祝福相见的欢快

相见是充实的，成功的

因为胜利在做伴，硕果就在眼前

我们没有理由不开心不高兴

为了等待这一天

无数个不眠之夜

让我对着星星发呆

让我对着夜空埋怨

为何就不能一直让我

灵感闪现，尽快缩短

我们早日相见的期盼

感谢天空，感谢大地

能如期兑现我的诺言

能如期举杯欢聚畅饮

把盏言欢，情意绵绵

为了这一天，望穿秋水

等到了现在，总算来到

心里的重负，一下子

花落一片，总算言而有信

总算把往昔的旧账

一起归还，一起笑对明天

用生命买单

能用生命买单的

首先当属健康

健康是生命的依托

健康是生命的载体

如果健康的河流已经干涸

生命的庄稼就会枯萎倒下

人们常常用廉价的铜臭

度量着健康的分量

铜臭像一条条蛀虫

将健康撕得粉碎

健康成为铜臭随意支使的奴隶

铜臭将健康击得体无完肤

能用生命买单的

还有内心潜藏着的侥幸

侥幸是铤而走险

侥幸是自不量力

侥幸的面纱遮挡了聪慧的眼睛

侥幸让我们两手空空

能用生命买单的

还有娇生惯养的任性

任性让理智的思维变得愚钝

任性让明晰的判断出现失误

一旦任性的火把熊熊燃烧

后悔的面孔将会吓你一跳

能用生命买单的

还有不加克制的放纵

放纵一直损伤着生命脆弱的神经

放纵似迅猛飞奔脱缰的野马

一旦拽不住命运的缰绳

就会坠入命运的悬崖裂谷

能用生命买单的

还有张着血盆大口的欲望

欲望的天平一旦倾斜，失去分量

就会碰到荒郊野外饥肠辘辘的饿狼

只有把欲望锁进理性的闸笼

自由健康的生命才会地久天长

能用生命买单的

还有那自欺欺人的借口

借口是为犯错精心设置的伏笔

借口是为自我原谅半推半就的顺从

无数借口堆积成不可饶恕

总有一天稚嫩的羔羊会落入虎口

如想实现生命自救

就用熊熊燃烧的信念点亮心头

信念是理想灯塔为明天指路

信念是钢筋铁骨支撑你勇敢奋斗

丧失信念如黑夜迷路荒郊遇虎

丧失信念就会骨头松软厄运当头

如想实现生命自救

执着的力量让你白头偕老

执着的花蕾让你四季飘香

执着的追求让你焕发异彩

无数成功都是日复一日的坚持

任何胜利都是饱含辛酸的重复

如想实现生命自救

请让执着热爱陪伴你的左右

执着的花篮里盛放着高雅健康

热爱的运动场奔跑着阳光希望

能让崇高理想在执着热爱里绽放

人生的幸福我们每天都在品尝

如想实现生命自救

良心的账本任何时候都不能丢

良心让生命崇高伟大永远走正路

良心让社会和谐稳定家庭充满幸福

没有良心的生命活得再久

犹如行尸走肉人生失去主心骨

如想实现生命自救

就请把荣誉的军功章永挂心头

崇高荣誉让宝贵生命绽放异彩

崇高荣誉是流血牺牲的无字丰碑

生命在荣誉的陪伴下愈发迷人

荣誉在生命的河流里健康成长

如想实现生命自救

道德的金缕玉衣千万不可丢

道德是生命灵魂，道德是社会天平

道德是生命约束，道德是理性自由

没有道德约束，人生就会偏离航向

有了道德保障，社会处处充满亮光

侥幸的陷阱

身处大千世界

怎能没有诱惑

物质的诱惑，美色的诱惑

名利的诱惑，欲望的诱惑

在琳琅满目的诱惑面前

沉着冷静，能否抵挡住

糖衣炮弹的侵袭

两袖清风，能否让利欲熏心

就此束手，及时止住

欲望的沟壑，贪婪的陷阱

有时，常常让我们奋不顾身

如飞蛾扑火，无法劝阻

纵然满身被烟熏火烤

迷失了明亮的双眼

欲望的沟壑，也才填了一半

总是相信，天上会掉馅饼

总是认为，运气超乎常人

总是把黄粱美梦做到

东方初晓，到一切破灭

才知当初的行为，让世人

啼笑皆非，让自己

后悔莫及，痛苦不已

人生的时间、机会、精力

怎可任由你拿来

做这些愚不可及的试验

损失的岂止是物质，是金钱

连同你的幼稚，连同你的侥幸

连同你的无知，连同你的不成熟

都一同献给了痛苦万分

悔不当初，良心的撕扯

侥幸，是面对万丈深渊的

跃跃欲试，是白日做梦的

痴人呓语，是在把良心

架在火上，猛烈烧烤

是为万劫不复，埋下的炸弹

是千里之堤，毁于蚁穴的

后悔连连，无法复还

为什么总要相信自己

会成为侥幸的宠儿

为什么要让侥幸的孽缘

在自己心里生根发芽

明知是祸害，是炸弹

还要残存一丝希望

非要等到血肉模糊，脑浆迸裂

才看清事物的真相，谜底的狂妄

人啊，总是这么不自知

总是尽量把一切都往好处想

生活中有天使，也有魔鬼

与天使同往，一起喧嚷

睁不大的眼睛，摸不清的真相

什么时候，才能把愚昧无知

才能把幼稚不成熟，彻底

踩在脚下，碾成粉末

因为人生再也经不起

侥幸的折腾，因为命运

再也无法为无知买单

侥幸的陷阱，再也不能跳

欲望的沟壑，永远要远离

把侥幸、无知、幼稚、贪婪

混合雕塑成一座警钟

在火热的生活中

时时敲响，时时定格心上

因为后悔，永远无法弥补

因为伤疤，很难让岁月遗忘

一不小心，我来到了甘孜

一不小心

我来到了甘孜

这是一个多梦的季节

炎热的夏季

我在逃避三伏

我在甘孜做着多彩的梦

甘孜的梦

可以做得很圆很圆

我在用心做梦

我积聚起全身的力量

在炎热的三伏天

来到甘孜

做着我最美最想做的梦

一不小心

我来到了甘孜

我是有备而来的

甘孜有我美丽的卓玛

在等着我，期盼着我

我不顾一切来到甘孜

原来甘孜就是我最向往的地方

一不小心

我就来到了甘孜

甘孜很好啊

只要你是带着浓浓的情而来

甘孜肯定会热烈欢迎你

我为甘孜带来了诗歌

带来了我的情，我的痛

带来了我的心，我的神

来来去去

来来去去

去去来来

该来的

都一定会来

该去的

都已经去了

没有绝对的

该来的

也没有绝对的

该去的

一切都是客观

一切都无法挽留

一切都无法改变

来来去去

去去来来

是时间的推进

是人生的演绎

是命运的流转

在来来去去中

体味人生酸甜苦辣

在去去来来中

感悟命运跌宕起伏

来，一切都是必然

去，也要学会释然

不做怪人

那样会让人无法理解

不做圣人

做不到的事，想也没用

做个平常人

和大家一起

来来去去，去去来来

我没有什么了不起

我没有什么了不起

我很平常，也很普通

在芸芸众生中

卑微如草芥一般

虽然我充满自信

但依然没有什么了不起

没有什么了不起

是高度自律的升华

是自我约束的律章

是看清自己的望远镜

是尊重他人的美好品德

在大千世界中

我们只是芸芸众生中

一颗很不起眼的微尘

当有一天我认为自己

已经开始了不起

那就是在自我膨胀

只是一个泡沫在飘逸

成为幻影只是迟早

就算别人认为我很了不起

那只是别人对你的褒奖

对你的肯定，对你的赞扬

作为我们自己，认为自己

很一般，是铁律，是刚需

为什么要骄傲呢，或者说

为什么要盛气凌人

不可一世呢

我没有什么了不起

是自律，是自省

是美德，是修行

时刻把自己

放在一个合适的位置

是对自己的定位

也是对他人的尊重

愈是认为

自己多么了不起

就愈是一般化

因为你的修行

腐烂了你的才能

没有什么了不起

放眼全球，放眼宇宙

一切都渺小卑微如尘埃

如果还不能正确认识自我

那就是思想认知

需要校正，需要维修

舍不得

舍不得，人生中

会有无数个舍不得

过往的人，过往的事

怎能不让我们记忆犹新

怎能不让我们萌生情愫

此时，我就坐在

窗明几净的图书馆

眼前的一切，异常熟悉

过几日，就要离开这里

心中不由生出几丝悲悯

舍不得，是生活常态

唯有把握好生命中的

每一天，才是对舍不得

最好的诠释，最好的珍惜

生活中有无数舍不得

舍与不舍，是客观存在

舍不得，是主观意愿

纵然有无数舍不得

最终一切客观，都会把

主观臆断，碾压粉碎

如果真舍不得

那就珍惜每一眼

那就珍惜每一缘

心怀善念，让生活

处处开满鲜花，香飘四溢

心存感恩，让人生

处处根深叶茂，缀满果实

我鄙视所有金钱主义

写下这个题目

可能会得罪某些人

但却永远不怕

宁愿有原则地活着

也不想昧良心做人

我鄙视所有金钱主义

这是我的宣言

这是我的信念

这是我的倡导

这是我的追求

为什么不能大胆表明你的观念

到底在怕什么

怕引火烧身，被人暗算

再也见不到

明天的太阳

如果人人都是金钱主义

这个世界

良心何在，道德何在

这个社会

还会有仁义礼智信吗

这个社会

还会有公平正义善良文明

存在之地吗

虽然金钱，人人需要

但绝不会为五斗米折腰

这是骨气，这是硬气

这是深藏在骨髓里的坚强

向来鄙视

金钱至上的利己主义

向来崇尚

君子爱财，取之有道

不明不白的钱，不能要

不干不净的钱，不能要

不属于自己的钱，更不能要

做人怎可没有底线

做人怎可没有原则

人要活得有骨气

骨子里面充满硬气

这样才会活得扬眉吐气

我不排除追求物质

物质进步，也是社会

向前发展的佐证和依靠

但任何事情的追求

都会有个限度，超过了界限

就会贪得无厌，利欲熏心

在以金钱为最大值的人眼里

人性道德利他

早已烟消云外

只剩下赤裸裸的铜臭和蛀虫

追求物质丰盈

和金钱至上主义者

从来都不能相提并论

物质的丰盈富有

是人类社会的进步

而崇尚金钱至上，永远都会

让社会的精神文明走向倒退

把金钱看得高于一切

对于金钱以外更有价值的事物

反而会让他们熟视无睹

我们不能精神失衡

更不能让盲目追求金钱

把我们的腰身捆绑得动弹不得

生命从此不再飞翔

人生永远失去自由

假如真的那样，那所有的奋斗

意义又在哪里呢

一句话的断想

深深的一句话，浅浅的一句话

一句话，可以深不见底

一句话，可以宽广无边

一句话，可以让人辗转反侧

彻夜难眠，一句话，也可以

让人泪如雨下，情难自已

一句话，牵动着无数人的心

一句话，寄托着无限的情

一句话，值得用生命去兑现

一句话，值得用一生去信守

一句话，可以很长

一句话，也可以很短

甚至只是以标点符号表达，也许

只是在生命最后，嘴唇微微颤动

什么也听不到，什么也听不清

一句话，最短，短到只剩下了

沉默，只剩下了无语，某些场合

也许沉默，就是最好的表达

一句话，分量到底有多重

有时候重得难以称量

一句话是带着良心善心

还是带着恶毒之心，就看这句话

是说给太阳，还是说给黑夜

是说给崇高，还是说给卑贱

一句话，语意极为深刻，含意

深远，可以是会场总结的最后

一句，也可以是战场上战友

临终前的生死相托

可以是一个

眼神，一个手势，一个握手的

动作，无法说尽的一句话

深不见底的一句话

包含着人生多少哲理

蕴含着生命多少叩问

潜藏着世间多少辛酸

我们都会和这个世界说再见

我们都会和这个世界说再见

只是迟早，答案是一致的

答案是肯定的，无论

你对这个世界有多留恋

无论你多么舍不得人间

一切的荣华富贵，功名利禄

都会成为过眼云烟，烟消云散

本不想这样悲观，但

这是事实，在事实面前

我们只有承认，只有服从

在生老病死面前，我们

有选择的余地吗？我们

有反驳的理由吗？既然没有

唯一的选择，唯一的法宝

就是无比珍惜这难得的现在

我们都会和这个世界说再见

想想人生是多么快捷

好像一睁眼，一闭眼

就过去了，每一个人都想不朽

都想青史留名，但真正能留住的

永远都是你的精神，你对

这个世界的贡献，你对他人的

影响和奉献，只有你

活在他人的心中，你才会永久

你才会长存，你才会不朽

既然和这个世界迟早都会说再见

那不妨达观一些，理智一些

客观一些，辩证一些，我们

为什么要惧怕呢，起点也是

不经我们同意，就悄然降临人间

那么终点才是我们

要正确看待的人生课题

探寻生命的意义，是一件

极其美好的事情，只有看清了

看开了，想明白了，往往

就会把人生，活得很通透很达观

生活中一系列生气忧愁怨恨

都会随风而逝，都会风轻云淡

享受生活，珍爱生命，不辜负

在平凡中让生命绽放异彩

在平淡中让生活展露芬芳

我们究竟能为后世留下什么

人的生命，极其有限

我们摸爬滚打，走南闯北

平心而论，真的不想

让生命在火热的生活中

留下些什么，存在些什么吗

肯定想啊，怎么会不想

那究竟能留下些什么呢

每当探讨起这个话题

总会觉得高大上，其实

这个话题也很接地气

追根溯源，在探讨

人活着的终极目标是什么

人为什么而活着

这就像我们要奔赴

一个目的地，连最终

去哪里都不知道

我们此行的方向意义

又在哪里呢

我们究竟能为后世留下什么

留下钱财，留下物质

到头来，这一切都会不在

没有任何方式，能证明

这个物质一定是你留下来的

因为货币在流通

任何物质也都有其生命力

在这方面，根本就没有什么

绝对的永久，永远的归属

物质财富是生活所需

但绝对不是终极，之所以

活得这么疲惫这么劳累

完全是因为贪欲在作怪

人性的弱点，永远

得不到满足，无法止损

贪欲的野马，一旦脱缰

就会一路狂奔

碰得头破血流，面目全非

也无法停止贪念的疯狂生长

我们究竟能为后世

留下什么，取决于认知

取决于格局，取决于境界

物质的富有，虽然实惠

能让我们过上美好富足的生活

但总会时过境迁，物是人非

唯有精神，唯有思想

唯有情操，唯有品行

唯有家风，唯有信仰

才能经受住岁月磨砺侵蚀

才能经受住光阴洗涤漂染

在人生长河中熠熠生辉

在命运跌宕中绽放异彩

后悔无用

本不想写后悔

但又不得不写

因为从出生到现在

我们累积了太多的后悔

太多的无奈，太多的辛酸

仓库里的垃圾，已经够多

如不及时清理，堆积如山

走路的缝隙都没有了

怎么谈感受

我不是生产后悔的代理商

生活中，我也惧怕后悔

可后悔却接二连三

浩浩荡荡，有些将我压得

喘不过气来，我好像被沉入

后悔的深渊，后悔的谷底

在苦苦挣扎，在使劲上爬

不知道还要等多久

才能上岸，才能寻到光明

后悔把人们折磨得遍体鳞伤

体无完肤，我们在接受着

后悔的鞭挞，后悔的煎熬

很想走出后悔的梦境

不想让后悔的铁链

将我们的双脚无情缠绕

不想让后悔的铁锁

锁住我们叱咤天空

腾飞的羽翼，旋转的螺旋桨

后悔是没有用的

尽人皆知，再浅显不过

可我们却一而再，再而三

犹如飞蛾扑火，与之俱焚

总按捺不住内心的狂躁

非得碰得头破血流

方肯罢休，才肯撒手

为何要这样苦苦折磨自己

难道还要继续让自己

在火上煎熬，在火上跳跃

后悔是没有用的

可我们却一直在做着

令人后悔的事情

无数个后悔堆积起来

足以压垮你的坚强

我们不能一直在后悔的旋涡

挣扎，要跳出来

重新找准方向

重新校正自我

人生不是用来后悔的

生命何其宝贵

时间何等珍惜

少些莽撞，少些糊涂

少些自欺欺人，少些装聋作哑

多些理智，多些冷静

多些谨言慎行，多些自律崇高

把人生的航向定准

把命运的篱笆扎牢

沿着既定的轨道，勇敢向前

书写自身最美的华章

让安眠有理由

安眠，需要理由吗

对不同的人

有着截然不同的答案

什么都不想，也许

很快就会安眠

可人生一旦觉醒

要想安然入眠，就得

有一个合乎内心的理由

睡觉，谁人不会

累极了，倒头便睡

可怕的是

一旦觉醒了，就一定

要给安眠找一个合适的理由

合理的说法，否则

睡意也会被内心的不安

无情驱赶，狠心远离

让安眠有理由

这还不简单，用忙碌

贯穿生活全部

一日忙碌，可让一日安眠

一生忙碌，可让一生无悔

任何事都执拗不过

内心的强硬，内心的决绝

每个人都会有自己独有的

生活方式，有多少人

就会有多少种生活方式

本没有好与不好，评判

这一切，内心一定有杆秤

安眠的最好理由

就是无悔的选择

我们一生，无时无刻

不在做着千遍万遍

避不开，逃不掉的选择题

选择中蕴藏着充实

沉淀着奇迹，种植着辉煌

当一个人，选择一种信仰
当一座灯塔，瞬间照亮了
生活的全部，他就会不顾一切
为自己的无悔选择埋单
信仰决定了生活方式的全部

让安眠有理由，是对人生的
觉醒，是对生命的叩问
是对人生的总结和提升
是想给自己
找一个合适的理由和归宿

让安眠有理由，一旦开始思考
这个问题，人生将走向充实
从此不再盲从，从此意志坚定
从此眼里有光，从此心有所定
让安眠有理由，是对灵魂的
拷问和提醒，是对人生和命运
翻转前的觉醒，自从
有了这一刻的审问和慎独
人生和命运，从此彻底交融

请不要一直坐着

请不要一直坐着，好吗
该站起来，就要勇敢地
站起来，站起来，又不是
哪个人的专利，为什么
要一直那么客气，反复地
让来让去，让个没完

站起来，是一种勇气
是一种高瞻远瞩
是一种新的生活方式
一直坐着，难免腰酸背痛
难免鼠目寸光

一直坐着，怎么能行
一直坐着，又不是你的专利
不站起来走走，怎么能知道
自己到底有多高，不知道

自己到底能走多远

请不要一直坐着

生命，我们只有一次

坐着的人，总感觉到

比别人矮半截，看别人

总是比自己高很多，其实

别人并不比你高多少

只是你一直坐着，反而

感觉比别人矮了很多

站起来，是一种勇气

是一种挑战，是一种

向新生活宣誓的仪式和起点

不站起来，又怎么能看到

今生很难看到的美丽风景

又怎么能品味到，人间

居然有这么多的美味佳肴

请不要一直坐着，这是一种

善意的提醒，这是一种

自我警醒，能意识到这一点

我们就已经站起来一半

没有哪个人天生就该站着

也许他们当初也一直坐着

但忽然有一天，他们觉醒了

他们顿悟了，从此

人生进入了崭新的一页

每一个人，一生中都会有

一次顿悟，一次觉醒

只是这次顿悟，这次觉醒

永远不要来得那么晚那么迟

因为人生等不起，因为命运

永远无法让你复制，破除一切

站起来了，走过来了，而且

永远都不要再坐下，一直

站起来，永远走下去，新的

天地，新的未来，永远敞亮

永远年轻，永远势不可当

对着镜子发呆

对着镜子发呆

很难再找回从前的样子

这个人是我吗

岁月的镰刀

将我从前的面容

修剪得如此苍老

我无法相信

这就是现在的我

皱纹爬上额头

紧密的皮肤

已开始松弛

满头黑发已渐渐稀疏

变白变少，岁月如刀

想找回从前的自己

只有靠记忆，只有靠回想

时光是单行道

岁月是高速路

我们一直在往前跑

从没有停下来

细细品味岁月中的

风霜雨雪，酸甜苦辣

对着镜子发呆

岁月无情，光阴似箭

人总会有这一天

蓦然回首，定睛一看

青丝已变白发

无须自责，有些无奈

生活再艰辛，都要

满怀喜悦，心头开花

对着镜子发呆

很庆幸，有这么一个瞬间

让我自赏，让我眷恋

人生的马拉松，已经过半

假如细细盘点手中的银两

我们可曾对得起生活的大方

我们可曾辜负命运的恩赐

是啊，岁月不饶人

我们正当年，从未言老

不敢言老，使命在肩

生活的答卷，我们还没有

完成一半，命运的考验

还需有更强壮的钢筋铁骨

未来的自己，还有着

更加广阔的发展空间

我们从不言老，不敢言老

使命在肩，考卷未完

夜以继日，马不停蹄

等待着把新生活画卷描绘

铭记初心，老骥伏枥

纵然额头再爬皱纹

纵然白发不断增添

也要把命运的缰绳

牢牢扼牵，紧握手中

还有什么，不能放下

有时候，细细想来

人世间，还有什么

不能放下，放下

是一种大度，是一种超脱

是一种境界，是一次提升

是一次蜕变，是一种决裂

还有什么，不能放下

正如，一个人活了一辈子

到最终，还有什么会属于你

既然什么都不属于你

为何还要伸开双手

张开双臂，使劲把我们看似

不需要的东西，一股脑

全部都想据为己有

一切都源于一个贪字

贪得无厌，贪婪成性

贪字当头，还有什么

能够满足人性的道德底线

生命的最高境界

应当是给予奉献

而绝非把一切都据为己有

一旦有了这种思想

栽跟头也许只是迟早

还有什么，不能放下

放下恩怨，放下怒气

放下心结，放下一切不快乐

这应是我们努力的方向

何时放下了，我们就向完美

就向超脱，迈进了一大步

君子坦荡荡，小人长戚戚

哪有时间生闷气

哪有空间盛放忧愁矛盾

若干年后，会由衷感叹

往昔一切的不快与矛盾

甚至是忧愁与苦闷

都是那样不值一提

如果让这些忧愁苦闷

一直在心头萦绕

那就犹如一个死结

常常会让我们举步维艰

常常会让我们故步自封

还有什么，不能放下

一切都能放下，如果

你始终放不下，总有一天

上天会帮你放下

到了那一天

一切就都由不得你了

与其如此，为何还要将

这些淤堵，一直埋藏在心中

有时候，之所以

放不下这一切

就是思想在作怪

就是自己拿自己没办法

所以，这个世界上

大凡不一般的人物

都是调节掌控自我的高手

能把自己牢牢束缚住的人

永远是一个了不起的人

永远是一个不平凡的人

永远是一个有主心骨

有主见的人，永远是一个

能做自己思想情绪主人的人

大漠孤雁

有些人，注定是今生

难以相见的，因为

就在前几日，您已经

永远远去

听闻此消息，内心

极其难受，虽然从未谋面

但从内心，我一直

怀着及其崇敬的心情

将您永远珍藏在心灵深处

未曾谋面的恩师

虽然没有得到您的首肯

但我就这样

把您诚心诚意尊为恩师

恩师啊，您就这样永远

离我们而去了，万般不舍

对您的敬重，源于您的人格

这么多年来，您长期在

大漠深处，不断耕耘

像一头老黄牛疲惫向前

又像是一只雄鹰，扇动起

矫健的翅膀，奋勇向前

我的文字，不足给您以纪念

您近乎是我心目中的神

也许今生永远无法超越

但我愿用您的精神，您的情操

您的睿智，您的一切美德

熏染我，启迪我，教化我

我相信我只是众多崇拜者的

其中一员，普普通通的一员

对您的惦念，对您的缅怀

对您的无限敬仰，都源于内心

因为无论如何，我都无法说服

内心，不能不时时思念您

一个人，普通人或者说一位伟人

能让许许多多素昧平生的

来自全国各地，或者说是全世界的人

通过各种不同方式，把您自发

悼念，自发缅怀，这样的人生

活出了生命的无限，活出了

人生的真谛，活出了灵魂的永恒

您虽然去世了，物质的您

彻底走了，精神的您

却永远扎根在我们的心间

从您的字里行间，我们吮吸着

您对人世间的万般感受

您长期生活在大漠

犹如大漠中一只蓬勃而起的大雁

飞累了，就想好好休息一下

是啊，您用毕生精力，把大漠

都写了个遍，大漠与您

朝夕相处，大漠与您亘古久远

您又是一位军人，从您的眉宇

能看出您英俊伟岸

正直写满了您炯炯有神的眼眶

大爱让您在大漠永久飞翔

您是一位军人，又是一位诗人

大漠、军人、诗人，被您浓缩成

一团永久燃烧的火焰，一直

在我心头，在我心中，永不熄灭

面对自由的向往

自由，像一道光芒

洒遍了整个天空

自由，像阳光空气

和人们形影不离

自由，像天空的鸟儿

展翅翱翔在每一片天空

自由，像随处可见的

树木，和我们默默相伴

朝夕相处

自由，很美好

健康是自由的根基

没有了健康

自由将无从谈起

我们对健康长寿无比渴望

就是对生命的最大珍惜

健康与自由，相伴而生

自由是健康的扩充延伸

自由是健康之树结出的

累累硕果，散发出的

耀眼奇迹

面对自由的向往

自由，是长时间闷在屋中

推开窗户的一刹那

自由的气息，自由的味道

已进入你的喉咙

自由，是黑暗里

留下的那一道窗

自由，是那道窗

射进来的那一束光

自由，是一面迎风飘扬的旗帜

自由，是曾经争取早日解放的渴望

为了一个崇高的目标

为了一个伟大的向往

个人的自由，又算得了什么

为了穷苦人的自由，奔走呼号

吃尽苦头，甚至头破血流

也要把自由的大旗，挥向天空

面对自由的向往

面对今天的幸福生活

我们怎可无动于衷，怎可

不受感动，我们的自由幸福

寄托着无数先烈的渴望梦想

铺垫着无数先烈的苦难辉煌

散发着无数先烈的热血沸腾

假如电波可以传递

假如时光可以倒流

他们看到今天幸福美满的景象

他们看到今天国富民强的画卷

他们该多么感动，多么泪目

多么让人心情，久久难以平静

这一切景象

这一切梦想

就是他们苦苦求索，用宝贵生命

换来的最大向往，最高追求

面对自由的向往

自由，绝对不是一个空洞的概念

自由可以触摸，自由可以吮吸

自由很具体，没有边界的自由

是不存在的，有了边界的自由

才是安全的自由，放心的自由

牢记自由的边界和范围

才可在自由的天空里，任意翱翔

吃饭的理由

吃饭何须理由

饥肠辘辘，就去就餐

这是理所当然，甚至

天经地义，何须发问

吃饭是人的本能

吃饭是人与生俱来的

自然属性

细细想想，从出生到现在

一日三餐，一直都这样

从未间断，吃饭的根本目的

是为了活着，为了活命

可活着的根本目的，难道

就只是为了吃饭，填饱肚子

人之所以不同于低等动物

就在于每次就餐，都能

扪心自问，吃饭的理由

吃饭的理由，是对生活的升华

今天所做的一切

是否和盘中餐，密切相配

任何事情，可以不问理由

也可以细细去想，问与不问

可以上升到个人自律

如果你认为一切理应如此

那可能一切皆合乎情理

之所以要把吃饭的理想抛出

是想让一日三餐吃得更香甜

吃得更稳定，吃得更长远

如果能为每晌的刻苦努力

如果能为每晌的竭尽全力

如果能为每晌的问心无愧

吃下这香喷喷的第一口

吃下这香喷喷的第一碗

那可以准确预见，长此以往

你的饭菜永远比别人更香甜

吃饭的理由，是一种自律

是一种上进，是一种较高的

要求，是人生的感悟和提高

如果每餐饭前，都会有所想

都会有所悟，那这餐饭不但

填饱了肚子，更填饱了思想

吃饭的理由，让我想到了

把饭吃饱，就是为了

更好地前行，更好地劳动

每次吃饭，既是吃饭前

一切活动的终点，也是

吃饭后一切活动，新的起点

吃饭前后，就是一场接力赛

吃饭，只是传递接力棒

只是短暂的歇息和加油

有时，也难免有吃不下饭的

时候，不是肚子不饿，是因为

吃饭的理由，不够充分

不够充实，说服不了自己

劳而无功，让我们难以下咽
浑浑噩噩，让我们食之无味
荒度时日，让我们面带惭愧
功亏一篑，让我们无颜面对
能经常面对一次吃饭，而有
很多发问，很多感想
可想而知，人生的发展空间
该会是多么的宽广

吃饭的理由，让我们学会了
自省，让我们更加自律
能把吃饭的理由，常常牢记
心中，时时自警自省
就是为了让我们
不荒度人生中宝贵的每一晌
不荒度生命中难得的每一晌
如果通过叩问吃饭的理由
把每一晌都像珍惜健康那样
把每一晌都像珍惜荣誉那样
吃饭的理由，就是我们
最大的向往，前行的方向

饥饿的延伸

早已饥肠辘辘

就是不想很快将肚子填饱

不到万不得已

就一定要坚持到底

就想做一个实验

实实在在体验一回

饥饿的感觉，到底如何

生活在当今社会，人们

早已不为衣食所忧

政通人和，国富民强

很难发现，哪里还有

吃不到饭的现象，就算再饥饿

都无法让哪个人，因为饥饿

瞬间晕倒在大街上

我们现在的生活十分美好

永远无法体会到

在特定年代，饥饿给人们

带来的烦恼，无尽的担忧

在极度饥饿的时候

四肢无力，两眼无神

注意力很难集中

强打精神都很容易走样

就是在那样极端困难的

条件下，人们依然

把伟大的事业装在心里

从不让饥饿战胜顽强斗志

可以想象，不只是饿一餐

有时一整天，也可能就是

一餐饭，无论环境多么艰险

都无法动摇他们坚不可摧的

执着信仰，饥饿最大程度地

威胁生命，但人生

每时每刻不能没有信仰

有时主动感受一下饥饿折磨

会让我们更加珍惜现时

美好生活，你一直不接受

饥饿的挑战，永远无法理解

我们的前辈，无数革命英烈

在极其艰难的条件下，是如何

用钢铁意志战胜饥饿的

体会到了这点，就会时时

心怀感恩，对现实物质生活

之需，就再也不会那么苛刻

饥饿的延伸，让我们更加

珍惜现时的一切

人人都不愿饥饿

正如大多数人都不愿过

艰苦生活，让饥饿主动光顾

这样就会和饥饿交上朋友

你了解了饥饿，熟悉了饥饿

思想和心智，精神和情操

就会在体味饥饿中愈发崇高

愈发成熟，愈发心有阳光

走出心灵的阴影

阴影，犹如一颗毒瘤

在我们内心深处生长

我们一直想将它彻底铲除

可就是缺少强大的力量

以至于它在内心难见阳光

默默潜藏，顽强抵抗

阴影，在现实生活中

确实存在，各不相同

受了刺激，过分惊吓

看见相同事物，相同场景

往往会产生联想

过分的不自信

也许阴影的伤痕太深

让人无法从记忆深处

将其移走，将其彻底剔除

阴影，也许是一种不良习惯

也许表现为一种家庭关系

也许表现为一种过于敏感

也许表现为一种条件反射

也许是一件物品

也许是一类动物

也许是一种恰巧遇到的场景

都会让心里顿时发慌

充满恐惧，充满忧伤

阴影，是一种客观存在

从小到大，成长过程中

总会遇到这样那样的恐怖

总会经受无法预料的遭遇

可能是某一类人的伤害

也可能是某一个场景的刺激

这些都将无法避免

这些都有可能成为刻骨铭心

但是，在现实生活中

它已经成为我们前进

道路上的绊脚石，警示灯

不愿意回味，不愿意想起

但又无法彻底从内心剔除

时不时让内心遭受折磨

经受鞭挞，可就是战胜不了

柔弱的内心，懦弱的自己

亲爱的同胞们，鼓起勇气

让我们携起手，一起战胜它

心病还需心药治，没有什么

了不起，最要紧的是树立强大的

自信心，坚决克服一个怕字

为什么要怕呢，敢于正视

重拾自信，从每一件小事做起

战胜自己，决不原谅任何一次

天长日久，长期坚持

再顽固的敌人，也会乖乖投降

束手就擒，不再顽抗

把阴影从心灵深处揪出

就是要把自信竖在前方

用无畏勇气战胜内心的毒瘤

让战胜困难的旗帜高高飘扬

一旦攻下胜利的山峰

就要牢牢守住，绝不后退半步

生命肯定最为宝贵，但不能

让这些影响生命质量的

可怕阴影，长期伴随内心

早日铲除，早日让心灵轻松

早日让心灵重见阳光

远离折磨，远离藩篱

让生命的质量，更加芬芳

让人生的道路，更加通畅

让生活的阳光，播撒飘荡

最怕挑起那一根琴弦

最怕挑起那一根琴弦

那一根琴弦是泪腺

如果一不小心被引爆

可能会泪如雨下，情难自制

可能会号啕大哭，震天动地

可能会欲哭无泪，伤心欲绝

无论泪腺发酵的起因

是感动，是悲伤，是噩耗

是惊诧，是兴奋，还是崩溃

都把泪腺引向地震，引向海啸

引向天旋地转，引向怒火攻心

泪腺让情绪在面部翻涌滚动

泪腺让内心翻江倒海无法填平

最怕挑起那一根琴弦

那一根琴弦是一瞬间的

突然醒悟，沉睡了这么多年

终于唤醒了久已死去的内心

和先前的自己，做了最后的决裂

新的生活呈现出一道奇异亮光

惊人的力量催促着勇敢迈向前方

最怕挑起那一根琴弦

那根弦是回忆，回忆让人

想起了从前，让从前渐渐复原

渐渐清晰，让从前的一切景象

重新点燃，重新回放，重新温暖

在回忆中捡拾着昨日的甜蜜

在回忆中咀嚼着昨日的甘苦

那一根弦，可能是惊心动魄

可能是瞬间火光四射

那一根弦，是泪腺，是猛醒

是不断抽搐中的崩溃

是喜极而泣时的破涕为笑

是昼思夜想中的灵光乍现

那一根琴弦，是这样捉摸不定

是这样扣人心弦，是这样让人

防不胜防，是这样让人昼思夜想

那一根弦，生长在生活中

活跃在一瞬间，让生活瞬间闪光

让生命精彩纷呈，那一根弦

让我们苦苦等待，那一根弦

把生命的亮光引向无边

让我如何对您说

听说您来了成都

心情格外高兴

我们是战友，是老乡

您见证了我从军的足迹

虽然联系时断时续

但我却一直把您

记在心里，永难相忘

三十二年前的今天

我还是一名新战士

来到了英雄的团队

是缘分，是战友情

是上天的安排，我们相遇

我们相识，情谊似火苗

一旦点燃，就疯狂燃烧

一直燃到了今天

明天的火势将会更大

情谊的烈火，虽然我们

不能常常相见，但却

丝毫没有影响火焰的升腾

您是我当年的榜样

您是我当年的目标

上天的眷顾，让我实现了愿望

那曾经是我们共同的母校

那曾经是我们奋进的港湾

留下了我们多少青春年少的

追求和梦想，畅想未来的希望

让我如何对您说

一别多年，很快就要见面了

是忐忑，是兴奋，是自豪

是惭愧，是内疚，是无奈

心情就像锅碗瓢盆混合奏鸣

心绪难宁，心情就像

油盐酱醋的调和，五味杂陈

我该给兄长，该给挚友

如何汇报，如何

和盘托出，万般思绪

不知从何理起，从何捡拾

人人都期望万事皆圆满

怎奈现实与梦想，揪扯挤压

有失落，有困惑，有无奈

有自信，有希望，有光明

无论前进道路上多么艰难

我们毅然决然，勇毅前行

人生几十年，能一起走过

是一种幸运，是一种难得

是志趣相投，是品行的聚合

健康是我们通往未来幸福的基石

平安是我们内心最诚挚的祝福

无须大富大贵，仕途亨通

给初心以交代，活出人生的原色

只要我们每天都在做着

最真实的自己，最幸福的自己

几十年后的我们，依然会

笑出无悔，笑出欣慰，笑出通达

健康往往很具体

健康，是每个人的终身大事

口口声声说健康重要

但在实际生活中，又有

多少人，能把健康时时

放在心里，惦记在胸中

健康往往很具体

大到对健康的重视

对健康的理解和深层次思索

小到对健康的

一个个具体的做法

一个个良好的生活习惯

健康很具体，它往往

是通人性的，你对它好

它加倍奉还于你

从不欠人情，不信

你就和健康交朋友

你会被健康的豁达大度

所感动，所感染

健康大于天，健康大于地

拥有了健康，整个世界

都是你的，没有了健康

即便世界再好，与你

又有多大的干系，如果

还想拥抱世界，如果还

非常留恋人世间的

一切美好和难忘，那就请你

时时刻刻，把健康

挂在心头，记在心中

千万次地说过，健康

是我们的全部，当你

一无所有，身无分文

但此刻的你，却拥有一个

健康的体魄，那你就拥有了

全部，一切都可以白手起家

一切都可以从头再来

说健康往往很具体

是因为健康与我们的日常生活

息息相关，寸步不离

其实，健康非常平易近人

非常和蔼可亲，很好相处

人之所以会生病，那是因为

你所做的一切，已经压迫

健康，喘不过气来，超过了

它的临界点，所以这时候

再也无法膨胀的气球爆了

人们不得不寻求医院的

帮助和修护，痛心的又是谁呢

健康往往很具体，重视是

关键中的关键，饮食有度

有效睡眠，平和心态

适度运动，良好的生活习惯

你能说哪一样不重要呢

把思想上的重视，彻底

用一点一滴行动来丈量

天长日久，你就会拥有

更宏大更宽广的整个世界

当鱼儿跃出水面

当鱼儿跃出水面

颇为让人激动

鱼儿展翅高飞

我们尽情观赏

我们都是鱼儿

它先飞了起来

我们为它鼓掌祝贺

今天是这个鱼儿飞跃

明天是那个鱼儿飞跃

无论是谁飞跃

都是我们这个集体的

光荣和自豪

无论是谁先飞

我们都以一颗平常心

表示祝贺，给予鼓励

飞跃的迟早

凝聚了天时地利人和

飞起来了，眼界更开阔

有更高的目标

需要你去攀登

有更大的向往

需要你去奋斗

能飞得早，固然令人钦羡

飞跃得迟一些

也不要气馁，也许在

养精蓄锐，磨刀霍霍

也许在韬光养晦，等待时机

飞跃得早一些

并不能代表飞得最高

飞跃得迟一些

未必就不会后发超越

人总会跃起来

先跃起来，值得钦羡

后跃起来，依旧更应

得到掌声，给予鼓励

成功不分先后

十个指头伸出来

都会有长短

先到的，带动后来的

后到的，也应青出于蓝

而胜于蓝，社会的进步

我们都是在传递接力棒

无论接力棒到了谁手里

除了毕其功于一役，奋勇向前

别无他择，别无他想

一程又一程的接力棒

在相互传递中

演绎着精神的丰盈

传承着道德的崇高

让人民一天天走向

安居乐业，祥和美满

让祖国一天天走向

国泰民安，繁荣富强

回家的感觉

每次路过书店

我都像见到亲人

不得不往里走

不得不使劲握手

回到家，一身轻松

看到这些琳琅满目的

图书，仿佛见到了

亲兄弟，亲姐妹

仿佛见到了养育我

成长的亲爹亲娘

走进书店，回到家了

这儿也想看，那儿也想看

任何一个地方，都能勾起

我儿时的回忆，小时候

在家乡上小学，想去

县城书店，要走很长的路程

才能到达书店，虽然比起

现在大型超市书店

简陋许多，但依然是我最爱

书店，给了我温暖的回忆

给了我梦想的天地

给了我广博的知识

它仿佛是一个待开采的油田

里面蕴藏着无穷的宝贵资源

它仿佛是一个大学校

每次到学校里都会见到

熟悉的老师，想念的同学

对书店的感情，从小到大

从远到近，无论走到哪里

都想抽出宝贵时间，专程

看望一下这位久违的朋友

他静静在那儿等候，来不来

就看你心里有没有这位朋友

我怎会不来呢，说好的事

我从来都不想随意违背约定

书店这位朋友，真靠得住

因为里面坐满了正直的朋友

想要到这里来，成为座上宾

必须正直无私，充满正气

门口把关很严，那些低俗

不健康的产物，想浑水摸鱼

充斥其中，断然难以成行

书店的里屋，各行各业的

专家教授，齐聚一堂

有德高望重的文学泰斗

也有初出茅庐的文学新秀

有功勋卓著的科学巨匠

也有热爱科学的有志青年

有德艺双馨的表演艺术家

也有开始学艺的学前儿童

我与他们交流探讨

虚心求教，思想碰撞出火花

理论引申出思考，沉醉其中

流连忘返，乐不思蜀

我被家的感觉，深深陶醉

我沐浴着家的亲情，走不出

父母的双眼，挪不开留恋的

脚步，好在还有明天

既然是家，随时都可以回来

年过半百的尴尬

曾几何时

不曾想象

自己已年过半百

这种年龄有些尴尬

无论怎么算

扳着指头数

都能知道自己

已快接近退休

对有些人来说

盼着早日退休

多么悠闲，多么稳定

说不定退休后

过几年再找一份工作

成为双份工资家族

但这些都不是我想要的

一想到这些

心里隐隐约约

总是有些怕

总感觉到时间过得飞快

一眨眼，就快要退休了

多少宏伟蓝图

还只停留在纸上

多少理想夙愿

还能不能在最快的这几年

尘埃落定，成为现实

这的确是一种挑战

是的，如果心里不甘

如果还总觉得无颜

见江东父老

那就只有

老骥伏枥，志在千里

亡羊补牢，为时不晚

总比退休后

留下很多遗憾

让人欣慰，心里舒畅

当年龄跨过半百
本该事业有成，心有所定
不服输的自己，依然
跨上战马，驰骋疆场
总想进行最后一搏
总想落个大器晚成

第八辑

我把
新春
送给你

我用诗歌迎接新年

跨年夜，一步一步走近

我按捺不住此时此刻

激动的心情，跨年的步伐

正在悄无声息，徐徐向前

正在缓缓走来，我拽不住

时光老人的衣袖，也挽不住

曼妙少女青春的脚步

我怀着激动的心情

迎接新的一年到来

随着时钟的临近，更加兴奋

更加昂扬，我将以什么形式

迎接新年的到来

我将以什么姿态，把新的一年

展望，把新的一年向往

新年，充满诗意，充满无穷向往

我用诗歌把新年迎接

这已经是我的最高礼仪

也是我的最高规格

我可能写得不够畅快优美

但我满怀期待，满怀激情向往

把新的一年迎接

把新的一年展望

我用诗歌欢度新年

希望年年都充满诗意

期盼年年都如诗如画

诗歌有多美，生活就会有多滋润

诗歌有多甜，人民就会有多幸福

诗歌有韵味，祖国大地处处盛开

政通人和，和谐幸福之花

我用诗歌迎接新年

是我蓄谋已久的期待

为了新年的到来，我整整

翘首以盼，等待了三百六十五天

终于等到了新年的姗姗来迟

终于盼来了新年的喜笑颜开

我热爱大自然每一个春夏秋冬

我热爱自然界每一个阴晴雨雪

我热爱每一个黎明的曙光

我热爱每一个祥和的夜晚

能这样幸福地热爱

能这样甜蜜地拥抱

我是多么满足，多么爱恋

我用诗歌迎接新年

也许我不知天高地厚

也许我有些狂妄不羁

也许我与诗歌还不搭边

但这是我对新年的热情似火

这是我对新年的翘首期盼

无论诗歌的水平多么有限

我都以最高规格，最高礼仪

把新的一年描绘

把新的一年歌唱

除夕的下午

时间快似闪电

我在与时间奔跑

大年三十下午

我一如既往来到老地方

书店马上就要关门

我心急火燎赶快阅读

快马加鞭，尽情创作

除夕的下午

人们忙忙碌碌

可以度过的方式很多

而我却选择阅读创作

年尾的最后一天

都不忘把热爱贴得很紧

除夕的下午

紧紧张张，热热闹闹

在忙碌中把新年迎接

在热闹中让年味更浓

忙碌和热闹，把春节

打扮得花枝招展

明天就是大年初一

全国人民喜迎新春

对联在门窗上红红火火

福字让家家户户百事顺心

年年有余，吉庆呈祥

老老少少，把欢歌放飞

除夕的下午

拜年的短信

似雪片飞扬，在空中飞舞

新春的祝福，在电波中传递

把浓情蜜意告知给所有人

温暖顿时让气温升高

人们用文字把节日推向高潮

除夕的下午

该是多么激动人心

仿佛手都有些不听使唤

一直在想着早日奔赴户外

忙了整整一年

还要让我继续把你歌唱

除夕的下午

本不该这样忙碌

可是我也管不住自己

不知不觉又回到了老路上

这是好事，在年终岁尾

都能把老朋友陪伴

老朋友也会心存感动

永远让你心想事成

年是什么

年是什么

年就是团聚，年就是乡愁

年就是家乡，年就是亲情

年就是母亲，年就是亲人

年，不用等

该来的一定会来

年，不用盼

在你忙忙碌碌中

姗姗而来

年，通过聚的形式

让人们依偎得很近

年，通过时间的方式

让人们心贴得很紧

在人生的年轮中

我们经历了一年又一年

年，让我们回味无穷

年，让我们把快乐储存

年，让我们意气风发，展望明天

年，让我们隔断过去

把一切烦恼忧愁不快乐

彻彻底底留给昨天

烟消云散，年是儿时的记忆

儿时的欢乐，年是新衣服新鞋袜

年是我们在父母怀里

徜徉甜蜜幸福快乐的港湾

年是阖家幸福万家团圆的笑脸

年是我对全世界熟悉或者陌生的人

诚挚祝福，年是除夕夜和

大年初一的交替瞬间

年是什么，年是快乐

年是幸福，年是成长，年是岁月

年是柴米油盐酱醋茶

年是一年到头赏给劳苦者的蛋糕

年是父母心头期盼儿女回归的

双眼，年是远在他乡的游子

对家乡亲情，对亲人父母的

浓浓想念，感动的泪腺

大年初一过大年

大年初一，可真热闹啊

人们奔走相告

人们谈笑风生

人见人，有说不完的话

互致问候，共祝新春

街道车水马龙

人们穿着新衣

胸中怀着喜悦

一起把新生活描绘

大人小孩一起兴高采烈

男女老少共同编织美好

忙着发信息拜年

那么多的好朋友

一年忙来忙去

都没有时间来问候

今天要把所有的

亲朋好友，问候个够

锣鼓声，震天响

仿佛要把新的一年

永远歌唱，鞭炮声

此起彼伏，东边落下去

西边响起来，总也敲不够

总也响不够，新生活

在农村，也能响彻云霄

大年初一，啊

我们一起放飞

奔跑在乡间小道

驰骋在高速公路

无论去往何处，都一起

让新生活遍地开花

忙碌了一年的农人们

很难找个时间痛痛快快

睡一觉，一年到头了

只有大年初一，才可以

好好奖励自己，睡个懒觉

农村习俗，这一天

是不能劳动的，就连

街上的鞭炮纸屑，都不能扫

大年初一，祖国的天南海北

有着各自不同的瑰丽美景

最北端的冰雪，光彩照人

洁白无瑕，厚厚一层积雪

可以滚雪球，堆雪人

人和雪连在一起，人在雪中游

雪在人的怀抱里，被情感融化

被热情融化，被幸福融化

南国的天气也不甘示弱

正值寒冷的北国冰雪

在最南端却可以艳阳高照

让人一下子就走入了夏季

温暖的阳光，均匀地洒在身上

是那样惬意，那样阳光

沐浴着温暖，享受着春的浪漫

大年初一，啊

人们的心情是多么欢畅

这一天，让愁云再也看不见

这一天，让不开心远离视线

敲锣打鼓，鞭炮齐鸣

走街串巷，热闹非凡

祖国的每一处，都盛开欢乐祥和

人们张张笑脸，让春天永远灿烂

我把新春送给你

鞭炮声声，万家团圆

除夕夜晚，其乐融融

在漆黑的天际

我在寻找着最明亮的

那颗星，星星躲着我

好像在捉迷藏

总也不愿出来

我搜寻不到星星

原来星星忙着去过年

躲起来，也不说一声

让我猜来猜去

一点也不知道

它究竟去了哪一边

原来星星来到了天地人间

农历大年三十晚上

我怀着激动的心情

迎接新春，纳福新春

春节是一年中最美好的日子

我用新春做最美的嫁衣

送给你，送给我最亲的亲人

新春到，福气到

一年之计在于春

春天，万物吐绿

万象更新，万紫千红

虽然正值严寒

外面的热闹喧哗，依旧

让我听到新春的步履

我把新春送给你

新春果真能送吗

能送的只是心情，是欢乐

是满腔的情意和祝福

说好的，要把新春送给你

到了今日，新春就要来到

我得兑现往昔的诺言

我得把木棉花

送到你眼前，送到你心窝

我把新春送给你

无论是夜幕下闪闪发光的

路灯，还是万家灯火

闪耀出来，窗户前的

其乐融融，阖家团圆

都让除夕的夜晚分外迷人

新春就包裹在这一切里面

是那样芳香，是那样温暖

新春的气息，新春的扑鼻

很快就让我闻到

新春的脚步时近时远

我积聚起全身的力量

想把新春全部送给你

未曾想到，新春竟是

这样庞大，这样威猛

任凭我怎样挪来动去

它都始终不听我的使唤

新春的脚步，已分明到了眼前

我昼思夜想的新春啊

总是这样轻轻巧巧

就来到了我的身边

就飞到了我的眼前

我要用最美的丝线

把我浓浓的情意，一针一线

绣入，为新春织出

最轻柔的外套，最绚丽的彩虹

穿在你的身上，美在我的心里

二十四小时，岁月在奔跑

人生会有很多二十四小时

唯独明天的二十四小时

格外不同寻常，因为它是

二〇二二年的最后一天

最后一天，宝贵如金

到底该如何度量这难得的

二十四小时，时针在徐徐向前

秒针在嘀嗒作响，响在时空里

敲打在每个人心上

二十四小时，习以为常

司空见惯，多少个二十四小时

不知不觉从我们眼前划过

从我们耳边轻轻溜走

我们从不觉得有什么了不起

还有明天，还有明天，成为

我们永远的推辞和借口

二十四小时，构成圆满的一天

对任何人都极为均等

从不徇私情，我想把这宝贵的

二十四小时，揣在心里

没想到它还是会毫不留情地溜走

可是即将到来的二十四小时

年终岁尾，一年的最后一天

太不寻常了，我一直在想

在这即将逝去的一年，最后到底

会留下些什么，想留下些什么

在新的一年到来之际，我又该

如何憧憬，时间过得飞快

想也不敢想，理也不知从何理

极为短暂的二十四小时

嘀嗒嘀嗒，向前奔去

向后溜走，眼睁睁看着它远去

依然毫无办法，留给我

无尽的思考，无穷的思索

人生中的每一个二十四小时

我们将奔向何方，路漫漫

夜茫茫，与其空留悲伤

空留遗憾，还不如拿起扫把

现在就行动，扫去那么多无奈

扫去那么多迟疑和犹豫不决

二十四小时，无论你是否万般留恋

它都会悄无声息，向前飞奔

世界上一切浪费，归根结底

都是对宝贵时间的无情浪费

世界上所有珍惜，思来想去

都是对宝贵时间的万般珍惜

没有时间，就没有一切

时间是一切存在的天然容器

一年三百六十五个二十四小时

即将与我们说再见，面对

即将逝去一年的最后二十四小时

究竟该思考些什么，该做些什么

二十四小时，就是时间的脚步

就是以一天为单元的度量

对二十四小时的理解和把握

涵盖了对生命的思索和行动

二十四小时，成为生命的永恒

二十四小时，岁月随时都在奔跑

岁月随时都在提炼

新年的钟声，即将敲响

新年的钟声，即将敲响

再过一个小时，就会

成为现实，就会准时敲响

我怀着激动的心情

等待着新年的到来

聆听着新年的脚步

新年的钟声，即将敲响

一年又一年

钟声是对今年的总结

钟声是对来年的期盼

在总结里看到成绩，倍感欣慰

在期盼里翘首以待，充满自信

新年的钟声，声声入耳

但愿在新的一年里

能少些糊涂，少些后悔

少些遗憾，少些烦恼

让去年的所有不快乐

伴随着钟声的响起

一起烟消云散

新年的钟声，在翘首以盼中

姗姗走来，是那样轻盈

是那样曼妙，让我们对新的一年

充满无穷遐想，充满希望期盼

希望新的一年，风调雨顺

政通人和，希望新的一年

事遂人愿，人人心想事成

家家和和美美，永远幸福安康

新年的钟声，即将敲响

虽然我们不在敲钟的现场

但依然倍感欣喜，激动无比

新的一年，新的希望

新的宏图展望，新的奋斗征程

新的创新精神，新的马到功成

新的成功胜利，新的捷报频传

新年的钟声，即将敲响

敲响在每一个人心里

祝愿在新的一年心想事成

敲响在每一个家庭

祝愿家家幸福，阖家团圆

敲响在中华广袤的大地上

祝愿祖国民富国强蒸蒸日上

新年第一天

天上的星星

都是崭新的

看似有些陌生

一步步走近

一天天相处

慢慢就会成为好朋友

小鸟喊出了

新年第一声啼鸣

树叶在微风中

挥动着双手

向大家致意新年好

新年第一天

万象更新，万物复苏

一切都是起跑线

一切都带着第一出现

一切都是崭新的

我们迈步郊外

迎来新年第一缕阳光

我们挥舞双手

把心中的喜悦告诉天空

我们张开双臂

拥抱美好热烈的生活

啊，新年第一天

我带着充沛的精神

我带着美好的愿望

开始耕耘，开始播种

开始展翅，开始飞翔

开启人生美好的前程

一年到头，不忍说再见

一年到头

最终要以黑夜收场

再过几个小时

最难忘的二〇二二年

就要翻篇了

就要与我们说再见了

难忘二〇二二年

总是不忍离开

好像缠绵的女友

总也走不出温柔的留恋

是那样难舍难分

是那样欲罢不能

一年到头

总是盘算着还有哪些事情

没有做完，没有收场

还有哪些事留下了遗憾

如何去弥补，来年少些弯路

还有哪些事让我们

刻骨铭心，永远难忘

随着时钟的摆动

黑夜徐徐压来

最终以黑夜的大幕

将即将逝去的一年

悉数打包

是万般无奈

也是人随事迁

世间万物，莫不如此

有开场就会有谢幕

花开花落终有时

愈到最后，愈知时日宝贵

愈到终结，方知生活甘甜

将最后终结打包，等待着

黑夜前黎明曙光的闪现

一年到头

最终都不得不说再见

最终都会在最后几小时的

挣扎与留恋中，向老朋友

挥手告别，是万般不舍

但又不得不这样狠心离去

责怪时间走得太快

还是埋怨自责，为何让以前

空留那么多伤悲和遗憾

一年到头，我们完全可以

正确看待评估，我们有

遗憾欠缺，但更有收获成绩

只是对以往有着更高期盼

才让我们永远也难以跳出

对目标的过分企盼

对胜利的追求无限

只要我们已经在奔跑的路上

倾其所有，尽其所能

便可以毫无愧疚，勇敢大声说

逝去的一年，让我们

更加成功，让我们更加成熟

让我们更加丰盈，硕果累累

让我们更加勇猛，扬鞭奋蹄

让我们更加自信，奔向希望

向新年献礼

新年的脚步

由远及近，蹒跚而来

是喜悦，是盘点

是清理，是展望

是丰收过后的醉人笑颜

是雨过天晴的美丽彩虹

每年的新年，如约而至

每年的新年，如期而来

每到新年来临，是惊喜

是展望，更多的是惆怅

是坐立不安，心头总有一个

拉不直的问号，在撕扯着我

我们拿什么向新年献礼

新年来了，即将来了

盘点即将逝去的一年

是带着喜悦，带着满载而归

是带着惆怅，带着遗憾失望

怎么能不盘点，怎么能不追问

如果不想稀里糊涂再逝去

新的一年，如果不想让即将

到来的一年，重蹈覆辙

亲爱的朋友，我们要时刻警醒

再也不要让新的一年

再种植辛酸，再种植失望

这是温馨提示，这是语重心长

这是发人深省，这是自我检讨

没有那么多的时间供你玩乐

没有那么多的时光任你挥霍

如果不把往昔的伤疤

时时贴在心头，来年也许

收获更多的无奈，更多的忧愁

我们拿什么向新年献礼

这是一个郑重的话题

这是一个严肃的审问

看似满脸紧绷，种植着不愉快

但会让我们新的一年

怀抱新的展望，会让我们

信心满满，箭在弦上

冲破云霄，狂揽苍穹

我们拿什么向新年献礼

拿出我们的赤诚，拿出我们的

坚强，拿出我们的恒心

拿出我们的自律，拿出我们的

信心满满，拿出我们的

斗志昂扬，拿出我们的

不到长城非好汉，拿出我们的

不达目的永不罢休，这就是

我们献给新年的礼物，这就是

我们献给内心最美好的收成

故　事

我观察着眼前的

每一个人

他们陆陆续续

从我眼前走过

音容笑貌，言谈举止

述说着往日的故事

也在讲述着今日的故事

是今天故事的主人公

在讲着自己的故事

也在讲着别人的故事

自己成为别人故事中的人

别人也成为自己故事中的人

我们一直在讲着别人

我们也一直被别人讲

你讲着我，我讲着你

你、我、他

永远是故事中不可或缺的永恒

故事从心里展现

故事从脸上溢出

故事从指尖上滑落

故事与我们永生相伴

故事与我们今生缠绵

我们尽可能让故事生动

也许平淡的故事

最打动人心，最动人心弦

也许我们穷尽一生

都没有讲述过最好的故事

也许最好的故事

就埋藏在简单平凡中

就孕育在朴素无华中

<后 记>

岁月的馈赠

《岁月伴我们成长》与大家见面了，这是我的一份心意，是我送给您的一份礼物。

这本书是我对生活甘甜的品味，是我对生命的感悟和分享，是我对亲人的感谢和报答，是我对朋友的真诚和友爱，是我对社会的感恩和奉献。

回首往事，舞文弄墨，真正与诗歌贴心贴肺相爱已有五载。

五年里，我与灯光陪伴，我在孤独寂寞里享受着诗意的甘甜，我在亲朋好友的鼓励下，一步步沉醉其中，不能自拔。

如果说生命是一段美好的旅程，无疑诗歌这段旅程，将成为我生命中耀眼的一程。

因为在这段旅程中，让我懂得了生命，让我懂得了奉献，让我懂得了为他人付出，为他人着想。

这段旅程升华了我的人格，提炼了我的思想，让我更加热爱生活，珍惜生命。

在创作过程中，我曾多次流泪，流给火热难忘的生活的过往，流给感动的自己，流给作品中触动心灵的每一个瞬间。

我很感谢生活，给了我这么多灵感，有时让我文思泉涌，思想感悟一股脑袭来，运笔如飞。这样的生活很孤寂，很凄苦，但既已选择就坚持始终。

我可能远离了热闹，也少了很多看得见摸得着的欢声笑语，可我却收获了充实，得到了醒悟和沉淀，我成了自己真正的好朋友。

一本书，就是一个人的缩影，书中有作者的喜怒哀乐、爱憎分明，有作者的影子和思想观点。

很荣幸这一切能够与你分享，让我们做短暂而又幸福的交流。世界这么大，能够以书结缘，是我们的福分。

书给我们架起了友谊的桥梁，书让我们共同提高彼此分享，书让我们远隔千山万水却心有灵犀，书让我们思想升华走向更高阶梯。

这就是读书的妙处，这就是读书的馈赠，这就是岁月对我们最大的赏赐。

在前行的脚步声中聆听铿锵鼓点，在挑灯夜战中把热爱揽入胸前，在孤独寂寞中让灵感的火焰跳跃奔腾，在火热生活中捕捉人间真情，在命运挑战中让血气方刚笑傲四方。

面对火热奔放的生活，面对激昂上进的号角，我们停不下对火热生活的向往和展望，让我们一起携手共同编织新生活的五彩梦想。

2024 年 11 月 16 日　成都